KB008457

로크미디어가
유혹하는
재미있는 세상

ROK
MEDIA
로크미디어

천외천의 주인 37

2023년 7월 12일 초판 1쇄 인쇄
2023년 7월 17일 초판 1쇄 발행

지은이 한수오
발행인 강준규

기획 이기헌 왕소현 임동관 박경무 강민구 조익현
책임편집 오영란
마케팅지원 이원선

발행처 (주)로크미디어
출판등록 2003년 3월 24일
주소 서울시 마포구 마포대로 45 일진빌딩 6층
Tel (02)3273-5135 **Fax** (02)3273-5134
홈페이지 rokmedia.com **E-mail** rokmedia@empas.com

ⓒ 한수오, 2020

값 9,000원

ISBN 979-11-408-0724-6 (37권)
ISBN 979-11-354-8621-0 04810 (세트)

ROK
MEDIA
로크미디어

한수오 신무협 장편소설

37

천외천의
주인

| 풍운마교風雲魔敎 |

차례

정전停戰

찰나의 순간이 영혼처럼 길게 흘렀다.

시간이 정지한 것처럼 장내의 모두가 한 장의 그림처럼 굳어져서 꼼짝도 하지 않는 그 속에서 설무백은 홀로 움직였다.

양손에 쥐고 있던 두 사람의 껍데기를 내던지고 아무것도 없는 허공에서 계단을 밟듯 내려와서 아천기와 마주했다.

"……!"

아천기의 눈빛이 흔들렸다.

경악과 불신을 넘어서 필설로 이루다 말할 수 없는 혼란으로 가득한 그 눈빛 속에는 적잖은 경이도 포함되어 있었다.

"정말로……."

아천기가 이내 비릿하게 웃으며 말했다.

"천사교주와 이공자가 나를 희롱했구나. 너에 대한 정보를 실로 같잖게 폄하해서 알려 주었어."

설무백은 어깨를 으쓱했다.

"그게 다는 아닐 거야. 내가 그만큼 자세를 낮추기도 했으니까."

그는 히죽 웃으며 부연했다.

"게다가 높은 자리에 앉아서 내려다보면 눈에 들어온 모든 것이 다 하찮게 보이잖아. 보통 그걸 오만이라고 하지."

아천기가 웃는 낯으로 눈가를 씰룩이며 대꾸했다.

"세상에는 오만할 자격을 가진 존재들도 있는 법이다. 우리가 바로 그렇다."

"어째서?"

설무백은 비웃으며 자신의 질문에 스스로 답했다.

"강하니까?"

아천기가 비틀린 미소를 지으며 대꾸했다.

"너나 나나 늘 그래 왔지 않으냐? 약육강식 적자생존이 우리가 사는 세상의 철칙임을 부정할 테냐?"

설무백은 특유의 미온한 미소를 지었다. 그리고 고개를 끄덕이며 말했다.

"부정하지 않아. 대신 그 안에 예의와 배려가 있으며, 존중과 화합이 함께한다고 생각할 뿐이지. 다시 말해서 더불어 사는 세상이라는 거다. 너희 마교의 무리처럼 모두를 짓밟고 홀로 우뚝

서는 것은 예의가 없고, 배려가 부족하며, 존중을 무시하고 화합을 부정하는 짓으로 지탄받아 마땅한 만행이라는 뜻이다."

아천기가 보란 듯이 배를 잡고 깔깔 웃었다.

"하하, 쓸데없는 헛소리를 잘도 그럴 듯하게 뱉어 내는구나. 하하하……!"

이내 거짓말처럼 웃음을 그치고 정색한 그가 코웃음을 치며 쏘아붙였다.

"누가 그걸 정하냐? 약자가? 흥! 어림없는 소리지. 어차피 그걸 정하는 건 강자다. 약자는 지키고 싶어도 지킬 수 없는 것이 바로 그것이 아니더냐?"

그는 무엇이 그리도 분한지 침을 튀겨 가며 강변을 더했다.

"세상이 그렇고, 역사가 그렇다! 세상의 역사는 언제나 강자가 쓰는 거다! 약자는 죽고 강자는 살아남을 테니 말이다. 죽은 자는 말이 없는 법 아니더냐!"

설무백은 끌끌 혀를 차며 대꾸했다.

"그게 너희들의 한계인 거다. 세상에는 약자에게 강하고 강자에게 약한 자만 있는 게 아니다. 약자에게는 약하고, 강자에게는 강한 사람도 있다. 강한 자가 살아남는 게 아니라 살아남은 자가 강하다는 말이 그래서 있는 거다."

아천기의 눈빛이 흔들렸다.

애써 내색을 삼가는데도 절로 드러나는 그건 또 다른 새로운 감정의 동요였다.

'어디서 들어 봤더라……?'

아천기는 실로 상황과 어울리지 않게 내심 그런 생각을 하고 있었다.

지금 설무백이 그를 조소하며 강변한 얘기는 분명 그가 어디선가 누군가에게 들어 본 얘기였다.

그리고 그때도 그는 지금처럼 그 얘기를 철저히 무시한 것 같다는 기분이 들었다.

'누구였더라……?'

아천기의 상념은 거기서 끝났다.

곧바로 다시 설무백의 진중한 목소리가 그의 상념을 깨트렸다.

"하지만 그렇게 생각하지 않는 사람에게 그것을 강요하는 것도 도리가 아니지. 그러니……."

설무백은 냉정한 듯 무심한 눈빛으로 변해서 짧고 강한 어조로 말을 끝맺었다.

"당신의 생각대로 강자의 권리를 행사하도록 하지!"

엄청난 위압감이 장내를 압도했다.

고개조차 똑바로 들 수 없을 정도로 엄청난 존재감이 설무백의 눈에서 뿜어져 나와서 장내에 있는 모든 사람들의 가슴을 무겁게 짓누르고 있었다.

아천기는 다시금 자신도 모르게 움찔했다.

이런 압박감은 그가 실로 오랜만에 마주하는 것이었다.

정확히 말하면 생전의 천마대제와 그 후계자 서열 일위였던 천마공자에게서나 느꼈던 위세였고, 존재감이었다.

　'아……!'

　아천기는 그 바람에 생각났다.

　'천마공자!'

　과거 천마공자가 그랬다.

　후계자 다툼이 치열해지고, 하나둘씩 요인들이 암살당하는 사례가 속출하자, 삼전오문구종의 주인들을 불러 놓고 그렇게 말했다.

　세상에는 약자에게는 약하고 강자에게는 강한 사람도 있다고.

　자신이 지금까지 보복에 나서지 않는 이유는 오직 그 때문이라고, 그러니 더 이상은 삼가라고!

　아천기는 새삼스러운 눈빛으로 변해서 설무백을 바라보았다.

　그런 그의 속내를 아는지 모르는지, 설무백은 무심한 눈빛, 무심한 표정으로 뚜벅뚜벅 걸어서 그에게 다가서고 있었다.

　거대하게 강렬한 압력이 느껴졌다.

　거리가 가까워질수록 더욱 거대해지고 더욱 강렬해지는 압력이었다.

　아천기는 절로 움츠러들었다.

　이런 경우는 정말 처음이었다.

　그 어떤 적 앞에서도, 하물며 삼전오문구종의 주인들이 모두 다 작금의 마도제일인으로 평가하는 이공자 악초군 앞에서도 이렇듯 기세가 꺾여서 겁먹은 자라 새끼처럼 움츠러들지는 않았었다.

'왜지?'

정말 이상한 일이었다.

반발할수록 더욱더 강하고 과중하게 느껴지는 압력이 그의 전신을 에워싸며 어깨를 짓눌렀다.

마치 결코 빠져나올 수 없는 깊은 늪에 발을 들여놓은 것 같은 기분이었다.

대항하겠다는 의지마저 이유도 모르게 느슨해지고, 분면 전신의 공력을 끌어 올렸건만 허기에 지친 사람처럼 맥이 빠져서 다리가 후들거리고 손에 힘이 들어가지 않았다.

그야말로 난데없이 온몸에서 힘이 빠져나간 것 같은 상황인 것이다.

'설마……?'

아천기는 불현듯 뇌리를 스치는 것이 있어서 눈이 커졌다.

그는 이런 상황을 연출할 수 있는 무공을 하나 알고 있었다. 아니, 무공이라기보다는 마교의 위엄이자, 전설이었다.

천마대제가 폐관에 들기 전에 천마공자에게 물려준 신물인 천마령이 바로 그것이었다.

천마령의 기운은 마교의 무공을 배운 자들만을 전문적으로 제압하는 신위를 발휘한다고 했다.

그건 대외적으로 그저 전설로만 알려져 있으나, 그는 그것이 단순한 전설이 아니라 사실임을 알고 있었다.

천마제대를 통해서, 그리고 천마공자를 통해서 몸소 경험해 봤기 때문이다.

하류의 마공을 익힌 어중이떠중이들에게는 전혀 해당되는 얘기가 아니지만, 그처럼 상승의 마공을 익힌 자들에게는 더없이 절대적인 신위를 발휘하는 것이 바로 천마령의 조화였다.

그래서 천마령은 달리 여의지존령(如意至尊鈴)이라고 불리는데, 방울이라고 부르지만 소리가 나지 않는 방울이며, 그저 상대가 느끼며 그것으로 굴복하게 만드는 신물이 바로 마교의 사대호교지보 중에서도 가장 독보적인 천마령인 것이다.

"그럴 리가 없다!"

아천기는 악을 쓰며 부정했다.

상념 속에서 돌출된 확신을 부정하려고 기를 쓰다가 자신도 모르게 버럭 소리친 것이다.

그러나 그와 같은 강한 부정과 무관하게 그는 여전히 맥이 풀려서 힘이 들어가지 않고 나른하게 늘어진 몸이었다.

"으으……!"

아천기는 북풍한설에 노출된 사시나무처럼 전신을 부들부들 떨었다.

강렬한 기운을 풍기며 느긋하게 다가오는 설무백의 모습을 바라보는 그는 한순간 미지의 경계를 넘어선 것처럼 그간 까맣게 잊고 있던 감정에 휩싸여 버렸다.

바로 두려움이었다.

그 때문이었다.

사람은 누구나 다 자각한다고 해도 마음대로 조절할 수 없는 것들이 있는 법이다.

생존에 대한 본능도 그 중의 하나이다.

그래서 그는 분명 '이건 아니다, 이래서는 안 된다,'라는 생각을 하면서도 사력을 다해서 발작적으로 소리쳤다.

"놈을 막아라!"

죽음과 같은 고요 속에서 이래저래, 알게 모르게 눈치만 보고 있던 생사교의 무리가 일제히 나섰다.

무언가 생각하고 판단할 사이도 없이, 습관처럼 혹은 버릇처럼 오랜 시간 동안 상명하복에 길들여진 몸이 절로 움직인 것이다.

그러나 그 순간 정작 명령을 내린 아천기는 뒤쪽으로 신형을 날리고 있었다.

도주였다.

아천기로서는 어쩔 수 없는 선택이었다. 아니, 그야말로 선택의 여지가 없는 일이었다.

설무백을 상대할 자신이 없었다.

싸워서 이길 승산이 보이지 않아서 싸우기 싫었다.

작전상 후퇴라는 말도 있긴 하지만, 그것도 아니었다.

지금으로서는 언제고 다시 마주친다고 해도 이길 수 있는 승산이 전혀 없어 보였다.

명색이 일파의 종주가 싸워 보지도 않고 패배를 자인하는 꼴이라 수치스럽기 짝이 없는 일이고, 실제로 다른 종주들에게 가없는 지탄과 놀림을 받을 테지만, 상관없었다.

섶을 지고 불길로 뛰어드는 것보다는 지탄과 놀림을 수용하는 것이 백번 옳은 선택이었다.

지금 아천기는 설무백과의 싸움이 딱 그렇게 느껴졌다.

일단은 살아야 수치도 있고 복수도 있는 변명조차 하고 싶지 않을 정도로 자신을 향해 다가오는 설무백이 하나의 거대한 벽으로 느껴지는 것이다.

'독수신옹을 만나 봐야 한다! 분명 그만이 알고 있는 무언가 내막이 있을 거다!'

아천기는 도주하는 와중에도 오직 설무백에 대한 의혹을 해결하기 위해서 그와 같은 생각을 할 뿐, 자신의 명령 한 마디로 인해 그간 온몸을 다 바쳐 충성하던 수백의 수하들이 죽어 나갈 수도 있다는 생각은 전혀 하지 않았다.

아까워서 아쉬울 뿐이지, 걱정할 이유는 없었다.

이게 그가 말하는 세상의 이치요, 순리였으니까.

약자는 죽고 강자만이 살아남는 것이다.

쓸 만한 수하들을 잃는 것이 아쉽긴 하나, 지금은 그런 것에 연연할 때가 아닌 것이다.

'그보다 이공자에게는 뭐라고 변명을 하지?'

아천기는 한 번의 도약으로 눈 깜짝할 사이에 수백 장을 벗어났고, 뒤를 따라붙는 자가 없는 것을 확인하고 나자 어느 정도 여유가 생겨서 작금의 상황을 돌아보기 시작했다.

안전이 확보되자 가장 먼저 찾아드는 생각이 바로 그것이었다.

분명 이공자는 그들에게 진격을 멈추고 대기하려는 명령을 내렸다.

무언가 확실한 변명거리가 없다면 징계가 불가피했다.

아니, 이공자의 성격상 무슨 일을 벌일지 몰랐다.

미치광이가 무슨 일을 벌일지 그가 어찌 상상이라도 할 수 있을 것인가.

'결국 구대종과 부이문의 생사가 관건이군.'

구대종과 부이문이 죽었다면 아무런 걱정이 없었다.

모든 죄과를 그들에게 뒤집어씌우면 그만이었다.

'아니, 둘 중 하나만 죽었어도……!'

생존한 그 누군가와 입을 맞추면 된다.

누가 살아나든 결국 그와 같은 걱정을 하고 있을 테니까.

아천기는 제발 그러기를 바랐다.

둘이 죽든 하나가 죽든 어김없이 죽기를 바랐다.

아무리 생각해도 그것만이 그가 이번 실책을 모면할 수 있는 유일한 길이었다.

"니X……!"

그런저런 생각으로 급격히 머리가 산란해진 그는 일파의 종사답지 않게 절로 쌍욕을 뱉어 냈다.

실로 처량한 신세가 되지 않았는가 말이다.

그러다가 그는 기겁했다.

"헉!"

설무백이었다.

전력을 다해서 날아가는 그의 전면에 설무백이 우뚝 서서 바라보고 있었다.

아천기는 처음에는 헛것을 봤나 했다.

경공술은 그의 장기 중 하나였다.

마교 내에서도 그와 비견될 수 있는 경공술의 고수는 손가락에 꼽혔고, 그들 중에서도 자신보다 늦게 출발해서 자신보다먼저 도착할 수 있는 자는 없다고 자부할 수 있었다.

그런데 헛것이 아니었다.

헛것이 어떻게 웃는 낯으로 손을 내밀 수 있을 것인가!

아천기는 사력을 다해서 멈추었다.

평생을 살아오면서 지금처럼 사력을 다한 적이 없었다.

그러나 늦었다.

설무백은 그냥 허공에 서 있었던 것이 아니라 그를 향해 빠르게 다가오고 있었다.

눈부신 속도로 나아가던 아천기의 속도와 그만큼이나 빠르게 다가오는 설무백의 속도가 합해지자, 자신의 경공술을 자부하던 아천기로서도 도저히 어쩔 수가 없었다.

설무백은 그야말로 순간 이동을 한 것처럼 다가와서 그의 목을 움켜잡고 있었다.

"익!"

아천기는 본능적으로 사력을 다해서 설무백의 손을 뿌리쳤다.

하지만 설무백의 손은 그야말로 요지부동, 꿈쩍도 하지 않았다.

그 상태로, 설무백이 말했다.

"내가 말했잖아. 강자의 권리를 행사하겠다고."

아천기는 설무백의 손아귀에서 벗어나는 것을 포기하고 그 손목을 두 손으로 부여잡으며 전신의 공력을 끌어 올렸다.

본의 아니게, 아니, 선택의 여지도 없이 강요된 내공 대결이었다.

앞서 비살과 마면귀살이 설무백의 손에 잡힌 채로 전신의 진기를 빨려 죽는 모습을 목도한 터라 본능적으로 그런 대응에 나선 것이었다.

그리고 그 이면에는 실로 믿을 수 없고, 믿기 싫은 부정이 있었다.

'그럴 리 없다! 절대 천마령일리가 없다! 분명 천마공자는 죽었다! 이자는 천마공자가 아니다!'

그에 더해서 흡성대법은 그도 알고 있었다.

천마령의 공능과 비할 바는 아니지만, 여타 아류의 흡성대법과 달리 제법 정통성을 가져서 마경칠서에도 등재되어 있는 섭혼음명신공(攝魂陰命神功)이 바로 그것이었다.

그는 설무백의 손목을 잡는 순간 바로 그 섭혼음명신공의 흡자결(吸字訣)을 시전했다.

그때였다.

흡사 번갯불이 아닌가 싶을 정도로 뜨거운 기운이 그의 전신을 관통했다.

설무백의 손에서 쏘아져 나온 열기가 그의 사지백해로 퍼진 것이다.

그와 동시에 그가 시전 한 섭혼음명신공의 흡자결은 마치 아무것도 없는 빈 공간을 헤집는 것처럼 공허한 느낌으로 돌아왔다.

본디 섭혼음명신공은 음양화합을 통해서 채음(採陰)을 하고 채양(採陽)을 하는 색공(色功)처럼 몸을 섞는 것만 빠졌을 뿐이지 상대의 정기(精氣)를 흡수하는 요령으로 상대의 내공까지 흡수하는 고절한 수법이었다.

그런데 아천기는 흡자결을 시전 했음에도 불구하고 설무백에게서 아무런 느낌도 받지 못한 것이다.

마치 살아 있는 사람이 아니라서 정기가 없는 것 같은 느낌이었다.

"이, 이럴 리가 없는데……?"

아천기는 너무나도 당황한 나머지 내공 대결에서 절대 해서는 안 되는 금기를 범하고 말았다.

무심결에 입을 떼고 말을 해 버린 것이다.

순간, 흡자결을 운용한 그의 두 손이 뜨겁게 달아오르며 전신의 진기가 요동쳤다.

흡사 가없이 높은 곳에서 떨어지는 폭포수처럼 그의 내공이 두 손을 통해서 설무백의 몸으로 치달리고 있었다.

아천기는 거듭 사력을 다해서 흡자결을 운용해 저항하려 했으나, 아무런 효과가 없었다.

다급한 나머지 내공의 손실을 감안하고 설무백의 손목을 부여잡고 있는 두 손을 떼려 했지만, 그마저 되지 않았다.

눈에 보이지 않는 밧줄과 더 할 수 없이 강력한 아교가 그의 손을 설무백의 손목에 묶어 놓은 것 같은 느낌이었다.

그리고 그의 느낌은 이내 속절없는 무력감과 더불어 허탈과 허무로 귀결되었다.

온몸의 내공이 한 방울도 남지 않고 고스란히 설무백에게 흡수되어 버리는 과정을 온몸으로 절감하고 있는 것이다.

"끄으……!"

아천기는 아무것도 할 수가 없었다.

그저 끝이 보이지 않는 천 길 낭떠러지로 추락하는 것 같은 가없는 허전함과 무력감 속에 전신이 오싹할 뿐이었다.

백 년에 달하는 긴 생애가, 그사이에 쌓인 수많은 추억이 그의 뇌리를 주마등처럼 스쳐 지나갔다.

"아……!"

와중에 이유를 모르게 찾아온 경이와 좌절감이 순간적으로 떠올랐다가 사라졌다.

그리고 이내 아무것도 느낄 수 없게 되었다.

죽음이었다.

설무백은 그 순간에 전에 없이 의식과 무의식이 공존하는 깊고 그윽한 황홀경에 발을 들여놓았다가 벗어났다.

흡령력으로 아천기의 진기를 송두리째 흡수하는 과정에서 스쳐 지나간 일이었다.

그리고 의지와 무관하게 그 지경을 벗어났다.

아천기의 내공을 모두 다 흡수하자 저절로 벗어난 것이다.

"……."

설무백은 절로 이맛살을 찌푸렸다.

껍데기만 남은 아천기의 육신이 그의 손에 들려 있었다.

지난 경험으로 인해 아천기에게도 통할 것이라고 생각은 했지만, 이렇게 완벽하게 통할 줄은 그조차 예상하지 못한 일이라 못내 기분이 얼떨떨했다.

마교의 마왕 중 하나가 이렇듯 속절없이 당할 것이라고 감히 누가 상상이라도 할 수 있을까?

설무백은 다른 누구보다도 자신이 바로 괴물이 아닌가 싶어서 썩 내키는 기분이 아니었다.

찜찜한 기분인데 왜 그런지 몰라서 더욱 찜찜한 기분이었다.

그때 그런 그에게 건네지는 말이 있었다.

"이제 정말 확신할 수 있겠습니다."

설무백은 자신도 모르게 나쁜 짓을 하다가 들킨 아이처럼 손에 쥐고 있는 아천기의 주검을 후딱 내던지며 말을 건넨 사람을 바라보았다.

혈뇌사야였다.

"뭐가?"

혈뇌사야가 대답했다.

"지존(至尊)께선 분명 천마공자십니다."

설무백은 의외의 말을 건네는 혈뇌사야를 머쓱한 표정으로 바라보았다.

지존이라는 호칭 때문이었다.

이제껏 혈뇌사야는 그를 '설 공자'라고 불렀다.

그런데 지금 갑자기 지존이라 부르고 있었다.

주군도 아니고 지존, 지극히 존귀하야 그 누구의 지배도 허락하지 않는 사람이라는 의미의 지존이라고 호칭한 것이다.

"지존?"

혈뇌사야가 대답했다.

"지존께서 천마공자가 확실하다고 인정하니까요. 저는 애초에 천마공자를 모시는 사람입니다."

설무백은 여러 가지 의미로 부정했다.

"나는 천마공자가 아니야."

혈뇌사야가 고개를 저으며 거듭 확신했다.

"천마공자십니다. 천마공자의 핏줄은 천마공자이니까요."

"그게 아니라⋯⋯!"

"부정하셔도 소용없습니다. 지존에게서 피어나는 천마령의 기운을 저의 두 눈으로 똑똑히 확인했으니까요."

설무백이 흡령력으로 아천기의 내공을 흡수하는 과정에서 천마령의 기운이 드러났고, 마침 그때 도착한 혈뇌사야가 그것을 목도했던 것이다.

"그건 그렇지만, 나는⋯⋯!"

설무백은 무심결에 실로 내밀한 자신의 비밀을 발설하려다가 정신을 차리고는 손을 내저었다.

"아니, 그냥 관둡시다. 이래저래 말하는 게 구차한 것 같네."

혈뇌사야가 당연히 그래야 한다는, 그렇게 인정하는 것이 옳다는 눈빛으로 흐뭇하게 설무백을 바라보았다.

설무백은 그 눈빛이 너무 부담스러워서 급히 화제를 돌렸다.

"그보다 어떻게 따라왔어? 제법 빨리 달렸는데."

혈뇌사야가 슬쩍 고개를 돌려서 다른 곳을 바라보며 대답했다.

"저 녀석을 따라왔죠."

설무백은 따라서 고개를 돌려서 혈뇌사야의 시선이 가리키는 방향을 바라보았다.

지근거리에 있는 아름드리나무 곁에 철면신이 우두커니 서 있었다.

"아…….."

설무백은 바로 이해하며 무색해진 표정으로 입맛을 다셨다.

"내가 깜빡하고 저 녀석에게는 거기서 그냥 싸우라는 지시를 하지 않았군."

혈뇌사야가 자못 음충맞은 기소를 흘리며 말을 받았다.

"기특하게도 이미 지존이 어디에 있는지 아는 것처럼 정말 아무렇지도 않게 지존의 흔적을 찾아내서 여기로 오더군요. 저 녀석만 있으면 앞으로도 지존의 행방을 놓칠 일은 절대 없을 것 같습니다. 흐흐……!"

설무백은 어째 족쇄가 하나 달라붙은 것 같아서 기분이 묘했으나, 이내 마음을 다잡고 현실에 집중했다.

"그보다 아까 그쪽 상황은 어떻게 됐어?"

혈뇌사야가 어깨를 으쓱했다.

"그야 저도 모르죠. 바로 지존을 따라왔으니까요. 우리 쪽이 승기를 잡은 상황인 것은 확실하지만 어서 빨리 가 보시는 게 좋을 겁니다. 아천기 저놈처럼 다른 놈도 살아 있을 가능성이 있지 않겠습니까."

"아……!"

설무백은 경황 중에 그 점을 간과하고 있었다는 사실을 깨달으며 서둘러 신형을 날렸다.

다른 마왕이 살아남았다고 해서 풍잔의 식구들이 위험에 처하리라고는 생각하지 않았다.

다만 그는 조금 전 아천기가 속절없이 무너진 것에 대한 의문을 품고 있었고, 그래서 아직 생존한 마왕이 있다면 다시 한 번 시험해 보고 싶었다.

그러나 아쉽게 되었다.

설무백이 돌아갔을 때, 싸움은 이미 끝나고 전장에는 평화가 내려앉아 있었다.

문제의 마왕들인 일월교주 구대종과 귀선교주 부이문 중 구대종은 잔월 등 특공일조의 합공에 죽었고, 부이문은 살아서 태양신마 등인 특공삼조의 공격에 막대한 상처를 입기는 했으나, 결국 살아서 도주했던 것이다.

그래서였다.

실로 대승을 거두고도 전장을 수습하고 있던 풍잔의 분위기는 그다지 좋지 않았다.

설무백이 돌아오자 곧바로 보고에 나선 제갈명의 태도도 그랬다.

"지금까지 확인한 적의 사망자는 육천 가량이고, 다친 애들과 스스로 항복한 애들을 포함해서 생포한 자들은 대략 일천 가량으로 파악되고 있습니다. 물론 사망자는 지금도 계속 숫자가 늘고 있습니다. 얼추 칠천은 넘어서지 않을까 싶습니다."

일만에 준한다고 알려진 마교의 병력은 실제로 파악해 본 결과, 이만에 육박하는 병력이었다.

그에 반해 풍잔의 인원은 양가장과 검산의 지원군을 포함해도 고작 사천을 밑돌았다.

물론 싸움에 나선 정예만을 따진 숫자이긴 하나, 결과적으로 얼추 오륙 배열의 병력을 물리친 대승이었다.

하물며 아군의 피해는 상대적으로 미비했다.

"……반면에 아군의 사상자는 육백 정도입니다. 그중에 사망자는 삼백 정도이고, 나머지는 거의 다가 회복이 가능할 것으로 보고 있습니다."

"음."

설무백은 침음을 흘렸다.

제갈명은 아군의 사망자가 매우 적었다고 생각하는 듯 보였고, 실제로 누가 봐도 그게 사실이었으나 그는 그것도 많다는 느낌이 들어서 마음이 무거워졌다.

간사한 것이 사람의 마음이라더니, 칠천을 상회할 것으로 보인다는 적의 사망자보다 이백에 불과한 아군의 사망자가 더 크게 느껴지는 것이다.

"특공조의 활약이 컸습니다. 그리고……."

제갈명이 슬쩍 고개를 돌려서 장내에 모인 풍잔의 요인들 뒤편에 서 있는 제갈향을 일별하며 부연했다.

"향이의 도움으로 아군의 피해를 줄일 수 있었습니다."

천외천의
주인

제갈명의 부탁에 따라 제갈향이 아군의 진영으로 들어오는 모든 길목에 기문진을 설치했다고 했다.

그 바람에 혼란의 와중에 아군의 진영으로 넘어가려는 다수의 적들이 뜻을 이루지 못하고 기문진 속을 헤매다가 심마에 빠져서 죽거나 아군의 경계에 걸려들었다는 것이 제갈명의 설명이었다.

"놈들이 아군 진영으로 들어섰다면 사뭇 피해가 극심했을 겁니다. 대다수의 정예들이 싸움에 나선 상태였으니까요. 물론 중도에 병력을 돌릴 수도 있었겠지만, 그럼 또 여기 싸움…… 아무튼, 덕분에 싸움을 유리하게 이끌 수 있었습니다."

설무백은 가만히 고개를 끄덕이며 좌중을 둘러보다가 고개를 갸웃거렸다.

태양신마가 보이지 않았다.

"복양 노야는?"

제갈명이 골치가 아프다는 표정으로 미간을 찌푸리며 대답했다.

"혼자서 놈을, 그러니까 귀선교주 부이문의 뒤를 쫓아갔답니다."

자신들만 실패했다는 자책 때문인지, 풀죽은 모습으로 뒤쪽에 빠져 있던 묵면화상이 슬쩍 끼어들어서 부연했다.

"말렸지만, 소용없었습니다. 도무지 창피해서 주군을 볼 낯이 없다며 뿌리치고 가더군요."

그러고 보니 묵면화상의 곁에 무진행자만 있고, 일견도인이 보이지 않았다.

"일견도인은?"

"복양 선배가 끌고 갔습니다. 그놈이 그쪽 방면으로 도움을 줄 수 있으니까요. 덕분에 잡든 못 잡든 그리 오래 걸리지는 않을 겁니다."

일견도인은 특유의 비조신공(飛鳥神功)으로 말미암아 천하의 모든 날짐승을 조정할 수 있었다.

묵면화상의 말처럼 누군가의 뒤를 추적하는 데 그보다 뛰어난 사람은 없는 것이다.

설무백은 더는 말하지 못하고 내심 고소를 금치 못했다.

다른 사람이라면 몰라도 태양신마라면 충분히 그럴 사람이라는 것을 익히 잘 알고 있기에 뭐라 할 말이 없었다.

그러다가 그는 이내 눈에 보이지 않는 사람이 그들만이 아니라는 사실을 깨달으며 물었다.

"근데, 나와 같이 온 큰 여자 있잖아. 고고매라고 여진족 여자. 그녀하고 요미는 또 왜 안 보이는 거야?"

제갈명이 난감한 표정으로 대답했다.

"그게, 그러니까 사정을 듣더니, 자기들이 가서 문 노야를 데려오겠다고…… 먼저는 요미가 나섰는데, 그 여진족 여자분이 따라 나섰습니다. 말릴 사이도 없이 바로 떠나서는…… 죄송합니다."

설무백은 쓰게 입맛을 다셨다.

제갈명이 사죄할 일이 아니었다.

태양신마와 마찬가지로 요미에 대해서도 그가 가장 잘 아는 사람이었다.

마음을 정하고 움직이면 말릴 사람은 오직 그밖에 없었다.

나선 이유도 뻔했다.

그에게 잘 보이고 싶어서일 터였다.

"사람 참 피곤하게 하네."

설무백은 자리를 털고 일어났다.

사정이야 어쨌든지 간에 그대로 둘 수는 없었다.

제갈명이 재빨리 물었다.

"직접 가 보시려고요?"

"응."

"그럼 여기는……?"

"잘 정리해."

"……."

설무백은 적잖게 당황해서 눈을 끔뻑이는 제갈명을 대수롭지 않게 외면하며 돌아섰다. 그리고 깜빡했다는 듯 이마를 치며 고개를 돌려서 제갈명을 바라보며 당부했다.

"생포한 애들도 잘 치료해 줘. 확인할 것도 좀 있고, 뭐가 어찌될지 잘 모르겠으니까."

미륵귀선교의 교주 미륵나왕(彌勒羅王) 부이문은 싸움을 즐기는 위인은 아니었지만, 시비를 피하거나 적을 맞이해서 외면하는 성미는 절대 아니었다.

그 때문이었다.

마교의 진영을 벗어나서 백여 리가량 떨어진 야산을 내달리고 있는 그의 입에서는 연신 일파의 종사답지 않게 추한 욕설이 더해진 저주가 쏟아져 나오고 있었다.

"죽일 새끼! 오라질 새끼! 육시랄 새끼! 눈알을 뽑아서 씹어 먹어도 시원찮을 새끼! 감히 나를 속여! 그러고도 네놈들이 무사하다면 내 평생 황구지자로 살겠다, 이 더럽고 비루해서 평생 쓰레기통만 뒤지며 떠돌다가 혼자 말라 비틀어 죽을 개잡종 새끼야!"

지금 부이문의 몸은 정상이 아니었다.

머리카락이고 눈썹이고 간에 몽땅 다 홀라당 타 버렸고, 일부는 살점과 함께 떨어져 나가 누렇게 익은 살을 드러내고 있었다. 그리고 몸에 걸친 의복도 여기저기 타서 떨어져 나간 바람에 지금의 그는 거의 알몸과 다름없었다.

그러나 정신만큼은 더 없이 냉철하게 돌아가고 있었고, 그래서 지금 그가 욕설과 저주를 퍼붓는 대상은 자신을 암습했던 태양신마 등이 아니라 자신을 이곳으로 보낸 사람, 바로 칠공자

야율적봉이었다.

이번에 나선 마왕들 중에서 누군가는 악초군이 아니라 야율적봉을 따르는 자일 수도 있다는 제갈명의 추측이 정확했던 것이다.

부이문은 구대종이나 아천기와 달리 이공자 악초군이 아니라 칠공자 야율적봉을 지지하고 있었다.

정확히는 야율적봉과 손을 잡았고, 그에 따라 이번 사태에 대한 책임이 전적으로 야율적봉에게 있다고 생각하는 것이었다.

그에게 이번 대열에 합류하라고 지시한 것이 바로 야율적봉이기 때문이다.

"그 새끼가 모를 리 없지! 암, 그렇고말고! 씹어 먹고 갈아 마셔도 시원찮을 그 개잡종 새끼는 분명 풍잔에 대해서 다 알고 있으면서도 나를 보낸 거다! 틀림없이 그래!"

말로는 그저 이공자를 추종하는 구대종이나 아천기의 중원 진출을 늦추는 것이 목적이라고 했지만, 사실은 그게 아니었던 거다.

멍청한 구대종이나 아천기만으로 풍잔의 저력을 확인하기에는 너무 부족하다는 판단으로 자신을 구슬려서 보낸 것이 분명하다.

사태가 이 지경으로 되리라는 것을 능히 짐작하면서도 순전히 간을 보려고, 즉 풍잔의 저력을 확인해 보고 싶어서 말이다.

"감히 내 목숨을 가지고 장난을 쳐?"

사람 중에는 화를 풀기 위해서 많은 말을 하는 사람이 있는 반면에 말을 할수록 화가 더 나는 사람도 있다.

　부이문은 후자에 속했다.

　온갖 욕설과 저주를 퍼붓는 가운데, 그는 자신의 말에 치이는 바람에 점점 더 울화가 치밀어서 가뜩이나 화상으로 붉어진 낯빛이 검붉게 타들어 가고 있었다.

　그런데 한순간 붉디붉은 그의 얼굴이 새파랗게 변하는 사건이 벌어졌다.

　난데없이 누군가 그에게 말을 건넨 것이다.

　"혹시 그 개잡종 새끼가 이공자인가?"

　"헉!"

　부이문은 실로 까무러치게 놀랐다.

　그럴 수밖에 없는 것이, 그의 이목을 피해서 이렇듯 가깝게 접근할 수 있는 사람은 절대 흔치 않았다.

　하물며 지금 그는 전력을 다해서 달리던 중인 것이다.

　"웬 놈이냐?"

　부이문은 이내 멈추며 잔뜩 긴장한 채로 사주를 경계했다.

　상대의 목소리를 듣고도 그는 여전히 상대의 위치를 파악하지 못한 것이다.

　예의 목소리가 그런 그의 뒤쪽에서 다시 들려왔다.

　"나도 같은 생각이라서 말이야."

　부이문은 반사적으로 돌아섰다.

그제야 상대의 존재가 그의 눈에 들어왔다.

방구석 유생처럼 허여멀건 얼굴에 작은 체구를 가진 청년이 었다.

"마령!"

부이문은 상대의 정체를 알아보며 적잖게 당황했다.

마령이 천사교주의 최측근인 자면신군의 친동생이기 이전에 유생처럼 보이지만, 실제는 백순을 내다보는 반노환동의 노마이자, 마교를 통틀어도 손가락 꼽히는 고수임을 익히 잘 알고 있었기 때문이다.

"자네가 어쩐 일로······?"

마령이 히죽 웃으며 답변이 아니라 자신이 하던 말을 계속했다.

"어린놈이 너무 건방져. 내게 이런 심부름이나 시키고 말이야. 정말 개잡종 새끼가 맞는 것 같아. 근데, 당신이 말하는 개잡종 새끼와 내가 말하는 이 개잡종 새끼가 같은 사람은 아닐 거야. 그렇지? 내가 말하는 개잡종 새끼가 하는 말이 당신은 칠 공자와 손을 잡고 있다고 했으니까 말이야."

"그런 건가?"

부이문은 고개를 끄덕이며 싸늘하게 물었다.

"그래서 나를 죽이라고 하던가, 이공자가?"

마령이 습관처럼 권태로운 표정으로 어깨를 으쓱하며 대꾸했다.

"겸사겸사 그러라고 하더군. 다른 똥을 치우러 가는데, 가는 길에 당신이 있는 거야. 당신이 물을 흐려서 다른 자들이 헛짓거리를 할 수도 있다고 같이 치우라고 하더군. 근데, 상황을 보니 어째 조금 늦은 것 같은데 그래?"

부이문은 웃었다.

그는 당황을 벗어던지며 냉정을 되찾고 있었다.

사태가 명확해지면 그가 해야 할 일도 명확해지는 것이다.

"목적이 그거라면 확실히 늦었군. 보다시피 이 모양 이 꼴이야. 알고 보니 나도 누구에게 된통 당한 거지."

그리곤 재우쳐 물었다.

"근데, 자신은 있나? 자네 실력이야 익히 아는 바지만, 내가 그리 호락호락한 사람이 아니라는 거 자네도 잘 알잖아. 너무 호기를 부렸어. 차라리 암습을 했다면 지금 내가 이 지경이라 그나마 가능성이 조금 있었을지도 몰랐는데 말이야."

마령이 웃는 낯으로 대꾸했다.

"그건 걱정하지 마. 이공자가 조금 미치긴 했어도 계산 하나는 정확한 거 당신도 잘 알잖아. 죽일 수 있으니까 보냈겠지, 당신에게 나를."

부이문은 살짝 안색이 변했다.

지금 마령이 하는 말은 어김없는 사실이었다.

이공자 악초군이 다른 건 몰라도 계산하는 정확했다.

실패하면 실로 적잖은 부담을 져야 하는 일을 대강 기분 내키는 대로 결정했을 리는 만무한 것이다.

'하지만……!'

부이문은 못내 마음이 쓰이면서도 이번만큼은 악초군이 실수를 저지른 것이라고 생각했다.

마령의 능력은 높이 평가하는 바이나, 그게 자신의 무력과 비교할 정도는 아니라는 생각 때문이었다.

마령이 암습을 했다면 자신이 조금 다쳤을 수도 있었다.

아니, 크게 양보해서 적잖은 상처를 입었을지도 몰랐다.

지금의 그는 온전한 몸이 아니기 때문이다.

그러나 지금처럼 모습을 드러낸 마령은 그에게 아무런 위협이 될 수 없었다.

마령의 장기는 암살이지 정면 대결이 아닌 것이다.

그래서 부이문은 이내 다시 웃을 수 있었다.

"자네도 정말 입심이 세군. 아니, 허풍이 늘었다고 해야 하나?"

마령이 따라 웃으며 말했다.

"사람이 다들 당신처럼 오해를 해. 암습만 아니면 나 따위는 아무것도 아니라고. 내가 죽을 상대와 말 섞는 것이 귀찮아서 그러는 건지도 모르고 말이야."

부이문은 안색이 변했다.

마령이 이렇게까지 말하는 것을 보니, 무언가 다른 것이 더 있다는 생각이 들었다.

주변에 누군가 가른 동료가 더 있을지도 모른다는 생각이 든 것이다.

그러나 아니었다. 은연중에 전신의 기감을 동원했으나, 잡히는 것이 아무것도 없었다.

마령은 분명 혼자였다.

그는 다시 웃으며 말했다.

"이제 보니 자네 심리전에도 아주 능하군. 잠시 긴장했어, 방금 내가. 아무려나, 이제 그만 사설은 집어치우고 어디 한번 그 실력 좀 볼까? 내가 좀 급해서 말이야."

농담처럼 말하고 있지만 사실은 진담이었다.

설마 따라올 자가 있다고는 생각하지 않고 있지만, 그와 무관하게 지금 그는 엄연히 도주하는 신세인 것이다.

"그 전에……."

마령이 웃는 낯으로 슬쩍 부이문의 뒤쪽을 바라보며 말했다.

"나중에 사기라고 할까 봐서 미리 밝혀 두는데, 마령이라는 이름은 나 혼자 쓰는 게 아니라 둘이 쓰는 거야. 둘이면서 하나인 것이 바로 마령이지."

부이문은 실소했다.

그리고 보란 듯이 한숨을 내쉬며 대꾸했다.

"자네 너무 심하군. 고작 그따위 기만술로 나를 속일 수 있을 거라고 생각하다니, 그건 나를 너무 무시하는 처사야."

"그렇다면야……."

마령이 순간적으로 부이문을 향해 한 걸음 내딛었다.

순간, 그의 신형은 이미 부이문의 전면으로 육박해 있었다.

실로 어지간한 사람도 그가 어떻게 움직였는지 볼 수 없을 극쾌(極快)의 신법이었다.

실로 그와 부이문의 사이에 존재하던 공간이 한순간에 사라진 것처럼 보였다.

그러나 그건 말 그대로 어지간한 사람의 경우에 한해서였다.

부이문은 절대 어지간한 사람이 아니었다.

그는 이미 인간의 경지를 넘어선 절대고수인 것이다.

"고작 이 정도 가지고……!"

부이문은 순간적으로 쇄도하는 마령의 속도와 비등한 속도로 뒤로 물러나며 조소를 날렸다.

그 정도의 여유를 부릴 수 있는 실력이 그에겐 있었다.

그때!

퍽—!

부이문의 눈앞까지 쇄도한 마령의 신형이 촛불처럼 혹은 물거품처럼 꺼졌다.

"어……?"

부이문이 당황하는 그 순간, 차가운 듯 뜨거운 열기가 그의 뒷등을 뚫고 들어와서 심장을 관통했다.

앞으로 삐져나온 그것은 시리도록 새파란 검극이었다.

"……!"

부이문은 입을 벌렸으나, 말을 할 수는 없었다.

폐부를 관통한 검극으로 인해 말이 나오지 않았다.

그런 그의 뒤에서 마령의 목소리가 들려왔다.

"한번 내 별호를 곱씹어 봤다면 좋았을 것을 그랬네. 그럼 당신도 이렇게 허무하게 당하지는 않을 테니, 내가 조금이라도 재미를 좀 봤을 텐데 말이야."

부이문은 그제야 마령의 별호를 떠올렸다. 그러고 보니 그동안 마령의 별호를 떠올려 본 적이 없었다.

마령은 그저 마령으로 족했을 정도로 그다지 신경을 쓰지 않았기 때문인데, 지금 새삼 떠올려 본 마령의 별호가 절로 그의 인상을 일그러트렸다.

"무형(無形)……."

마령이 그의 등 뒤에서 말했다.

"그래, 무형. 실체가 없다는 뜻이지. 당신이 대체 무슨 실수를 했는지 이제 좀 감이 오나?"

부이문은 이제야 깨달았다.

애초에 그가 대화를 주고받은 것은 마령이 아니었다.

마령이 만든 허상이었다.

진짜 마령은 그의 뒤에서 호시탐탐 암습할 기회만을 노리고 있었던 것이다.

"어, 어째…… 오늘은 내내 재, 재수가 없네."

부이문의 투덜거림이 피거품과 함께 흘러나왔다.

마령이 그 순간에 그의 폐부를 관통한 칼을 뽑았다.

부이문은 그대로 죽어서 쓰러졌다.

"하나는 처리했고……."

마령이 바닥에 널브러진 부이문의 주검을 외면하며 돌아섰다.

앞서 부이문이 거스른 방향이었다.

태양신마와 일견도인이 그 현장에 나타난 것은 그로부터 반식경이 지난 후였다.

"이런 빌어먹을……!"

태양신마는 부이문의 주검을 확인하기 무섭게 화부터 냈다.

다른 누구도 아닌 일견도인을 향해서 부리는 화였다.

"그러게 내가 뭐랬어? 제발 좀 서두르라고 했지?"

일견도인은 실로 어이가 없다는 표정으로 태양신마를 바라보며 따졌다.

"아니, 그게 무슨 개소리요?"

"뭐, 개소리?"

"개소리가 아니면? 선배라고 말이면 다인 줄 아쇼? 내가 이쪽이라면 저쪽인 것 같다고 하고, 저쪽이라면 이쪽인 것 같다고 한사람이 대체 누구요? 우리 애들이 아니었으면 이놈 시체도 못 찾았을 양반이 무슨 그런 말도 안 되는 소리를……!"

태양신마가 이제야 자신의 실수를 상기해서인지 했는지 얼굴을 붉히면서도 버럭버럭했다.

"아무리 그래도 그렇지 개소리는 너무 심하잖아!"

그때 하늘에서 떨어져 내리는 두 개의 인영이 있었다.

크고 작은 두 개의 인형, 요미와 고고매였다.

"너희들이 왜 여길……?"

태양신마와 일견도인이 졸지에 무색해져서 언쟁을 멈추며 그녀들을 바라보았다.

요미가 대수롭지 않게 말했다.

"왜 오긴요, 두 분 데리려 왔죠. 오빠 오기 전에 얼른 돌아가요. 괜히 오빠 기분 어수선하게 하지 말고."

태양신마와 일견도인이 새삼 무색한 표정을 짓자, 요미가 그들의 소매를 잡아끌며 재촉했다.

"어서요!"

그때 요미와 함께 왔지만, 태양신마와 일견도인에 앞서 부이문의 주검에 더 관심을 두고 살피던 고고매가 불쑥 말했다.

"뒤에서 찔렀네."

고고매는 주변의 시선이 자신에게 쏠리는 것에 아랑곳하지 않고 일어나서 요미와 함께 온 방향을 가리키며 말을 더했다.

"저쪽으로 갔고."

드러나지 않는 것들 (1)

수천의 생명이 죽어 나가는 싸움이 벌어졌지만, 도지휘사사의 병력은 말할 것도 없고, 지부의 병사들은 물론, 포도아문의 포쾌들조차 코빼기도 보이지 않았다.

　그저 한 사람, 지부대인 병무인을 보좌하는 동지 한보만이 흡사 지나가는 사람처럼 싸움이 끝난 전장에 들러서 설무백도 아니고 제갈명에게만 슬쩍 한마디 부탁을 건넸을 뿐이다.

　"처리 잘 부탁하오, 제갈 군사."

　"여부가 있겠습니까. 걱정 마시고, 편히 계시면 물청소까지 깨끗하게 하고 나서 제가 찾아뵙도록 하겠습니다."

　제갈명은 특유의 간살로 한보를 다독여서 돌려보내고 설무백에게로 갔다.

설무백은 정리되고 있는 전장의 귀퉁이에 앉아서 저편 다른 귀퉁이에 산처럼 쌓여 가는 시체들을 보고 있었다.

못내 착잡한 기분이었다.

인간의 욕심과 탐욕이 만든 시체의 산을 보는 것은 더 없이 치열하게 살았던 전생의 기억을 간직한 그에게조차 적잖은 감정의 동요를 불러일으켰다.

'그저 복수를 하고 싶었을 뿐이었는데…….'

사람이란 실로 간사한 동물인 것 같았다.

배신의 칼날에 죽고 다시 태어나서 모든 것을 걸고 복수하겠노라고 다짐하던 때가 엊그제 같은데, 지금의 그는 그런 감정의 기운을 그저 흐릿하게 간직하고 있을 뿐이었다.

그게 다라고 생각했으나, 그게 다가 아니었다.

전생의 그가 보고 느끼고 살아온 세상보다 더 크고 넓은 세상을 경험하며 살다 보니, 전부라고 생각했던 복수가 작은 감정의 편린(片鱗)에 불과해졌다.

어쩌면 이게 당연하다는 생각도 들었다.

세월이 약이라는 말처럼 그 어떤 기억도 시작이 지나면 추억으로 변하고, 추억은 또 그렇게 새로운 시간을 맞이하며 무딘 회상으로 떠도는 것이 변할 수 없는 세상의 이치였다.

하물며 그게 아니더라도 작은 물은 큰 물에 섞이면 희석되어 묽어지기 마련이다.

과거에 잃어버린 혹은 빼앗겨 버린 집은 그 집이 자리한 성체를 가지게 되면 무의미하게 느껴지는 것이 인지상정이다.

그러나 설무백은 분명 그렇게 이해가 되면서도 다른 한편으로 마음이 무거워졌다.

결자해지(結者解之)라는 말이 있다.

자기가 저지른 일은 자기 스스로 해결해야 한다는 말이다.

복수의 감정은 지난 추억처럼 무뎌졌으나, 대신 그가 책임져야 할 일이 늘어났다.

큰 힘에는 큰 책임이 따른다는 것은 누구도 부정할 수 없는 인간의 도리이자, 만고불변의 진리이기 때문이다.

물론 그런 생각 속에서도 한 가지 변하지 않는 것이 있었다.

분명 언제고 그를 이 땅에 다시 태어나게 만든 쾌활림주 사도진악과 그 하수인인 흑표를 다시 만나게 되리라는 예감이 바로 그것이었다.

세상에는 원하든 원하지 않든 간에 어김없이 거쳐야 할 길이 있는 법이었다.

소위 운명이라는 그 길에서 그는 어떤 모습으로든지 간에 틀림없이 그들과 마주치리라 확신하고 있었다.

'그때를 위해서……!'

설무백은 못내 욕심이 났다.

그들이 전생의 그를 전혀 모르는 것과 무관하게 감히 그들이 쳐다보기조차 어려운 위치에 서 있고 싶다는 욕심이었다.

그게 그가 바라마지 않는 최고의 복수였다.

그때 곁으로 다가온 제갈명이 말을 건넸다.

"무슨 생각을 그리도 골똘히 하세요?"

설무백은 상념의 늪에서 발을 빼며 묘하다는 눈치로 바라보는 제갈명의 시선을 마주했다.

"참 많이도 죽었구나 싶어서."

제갈명이 슬쩍 시선을 돌려서 설무백이 바라보던 시체의 산을 일별하며 고개를 끄덕였다.

"숫자로 듣는 것과 실제로 보는 것의 차이는 실로 크지요. 저도 볼 때마다 흠칫흠칫 놀라고 있는 중입니다."

설무백은 픽 웃었다.

"새가슴이라고 생각했는데, 나보다 낫군. 나는 보지 않아도 마음이 무거운데 말이야."

제갈명이 대수롭지 않게 대꾸했다.

"그야 책임지는 사람이 아니지만, 주군은 책임져야 하는 사람이니까요. 저야 주군이 시키는 대로 했을 뿐이잖아요."

설무백은 곱지 않게 일그러진 눈가로 제갈명을 바라보았다.

"내게 저 많은 사람을 죽이라고 지시한 기억은 없는데?"

제갈명이 태연하게 대꾸했다.

"저를 이 자리에 앉혔지 않습니까. 그게 시킨 거지요. 주군은 제 머리에서 뭐가 나올지 다 알고 계시지 않습니까."

"그래서 너는 저들의 죽음에 아무런 책임이 없다?"

"당연하지요."

설무백은 천연덕스러운 제갈명의 대구에 절로 실소했다.

"참 너답다. 정말 영악하게도 죄의식을 벗어던지는구나."

제갈명이 의외라는 눈치로 설무백을 바라보았다.

"저들의 죽음에 죄의식을 느끼십니까?"

설무백은 고개를 저었다.

하지만 그 입에서 나온 말은 행동과 조금 달랐다.

"죄의식까지는 아니지만 책임은 느껴지는군. 저들의 죽음에 내 의지가 담긴 것이 엄연한 사실이니까."

"좀스럽게 그런 의식 가지지 마십시오."

"좀스러워?"

제갈명이 절로 이맛살을 찌푸리며 바라보는 설무백을 향해 천연덕스럽게 말했다.

"제왕의 덕목 중에 가장 중요한 것이 후안무치(厚顔無恥)입니다. 즉, 모든 것을 다 책임져야 하지만, 다른 한편으로 모든 것을 다 책임지지 않아도 되는 것이 바로 제왕인 겁니다."

설무백은 어이없어했다.

"그건 너무 말도 안 되는 모순이잖아."

"제왕이니까요."

제갈명이 잘라 말했다.

"제왕의 길에는 모순이고 뭐고 없는 겁니다. 그냥 말이 규칙이고, 질서고, 법이니까요."

"그건 그냥 철면피 아니냐?"

"아, 그래서 내게 후안무치가 제왕의 가장 중요한 덕목이라고 말씀드렸잖아요."

"다른 무엇보다도 나는 제왕이 아닌데?"

"이미 제왕이십니다. 제왕이 뭐 별겁니까? 천하를 궁지에 몰고 있는 마교 산하의 세 개 조직을 이처럼 초토화시킬 수 있는 능력을 가졌으면 제왕 하고도 남습니다."

설무백은 자못 게슴츠레하게 좁혀진 눈가로 제갈명을 주시하며 불쑥 물었다.

"너 그래야 너의 위상이 조금이라도 더 높아지니까 이러는 거지? 제왕 밑에서 머리를 쓰는 군사, 뭐 이런 식으로. 그렇지?"

제갈명이 펄쩍 뛰었다.

"무슨 그런 말도 안 되는······! 여태 저를 그렇게나 유치한 놈으로 보고 계셨습니까?"

"응."

"······."

설무백은 턱을 주억거리며 고개를 좌우로 기울여서 우둑 소리를 내며 대놓고 경고했다.

"네가 시간이 좀 지났다고 옛일을 다 잊은 모양인데, 내 앞에서 거짓말하면 죽는다, 아주!"

"험험."

제갈명이 찔끔해서 헛기침을 하는 것으로 분위기를 쇄신하며 인정했다.

"뭐 그런 면도 없지 않아 있는 것은 사실이지만, 제 말의 요지는 이겁니다. 이런 일로 소침해지는 건 주군의 도리가 아니다, 뭐 이런 말씀을 드리고 싶은 겁니다."

설무백은 내심 고소를 금치 못했다.

제갈명의 진짜 의도가 어떤 것이었든지 간에, 지금 그는 말이 되는 것 같기도 하고, 되지 않는 것 같기도 한 제갈명의 언변으로 인해 적잖게 홀가분해진 자신을 느꼈기 때문이다.

어쩌면 이게 정말로 제갈명의 의도였을지도 모른다.

잠시 새삼스러운 눈빛으로 제갈명을 바라보던 그는 이내 무거웠던 마음을 완전히 털어 내며 물었다.

"근데, 무슨 일로……?"

"아!"

제갈명이 깜빡 잊고 있었다는 듯 안색을 바꾸며 대답했다.

"보셨는지 모르겠지만, 조금 전에 지부에서 동지 한보가 왔다갔습니다. 주군 분위기가 사뭇 어두우니 저를 찾아온 것 같은데, 뒤처리를 잘 부탁한다고 하더군요."

"그게 다?"

"더 있을 게 뭐가 있겠습니까. 몽고 애들 때문에 이쪽저쪽 도지휘사사의 병력도 다 불려 나가서 이쪽으로 나설 인원이 전혀 없는 것을요. 우리 풍잔이 아니었으면 다들 보따리 싸서 줄행랑을 놔도 벌써 났을 겁니다. 덕분에 살았으니, 그에 대해서는 제가 나중에 따로 계산해서 톡톡히 받아 내도록 하겠습니다."

설무백은 이제야 생각나서 말했다.

"무언가 받아 낼 것이 있으면 미리 받아 내. 조금 더 있으면 받아 내기 쉽지 않을 수도 있으니까."

제갈명이 어리둥절해했다.

"왜요?"

"몽고 애들이 물러났어. 아니, 아직 물러난 것은 아니지만, 조만간 사신이 도착해서 물러나겠다고 밝힐 거야. 전쟁이 끝나는 거지."

"아니, 왜요?"

"그게, 그러니까……!"

설무백은 무심결에 설명을 해 주려다가 그만두고는 곱지 않은 눈빛으로 제갈명을 노려보았다.

"내가 그런 걸 일일이 다 네게 설명해 줘야 하는 거냐?"

제갈명이 찔끔해서 물러나고는 자못 호들갑을 떨며 서둘러 자리를 떠났다.

"사실이 그렇다면 어서 서둘러야겠네요. 이번 싸움에 들어간 비용을 몽땅 다 청구하려면 계산하는 데 제법 시간이 걸릴 테니까요. 아휴, 바쁘다, 바빠!"

설무백은 특유의 미온한 미소를 지으며 멀어지는 제갈명을 바라보다가 슬쩍 뒤쪽에 서 있는 철면신을 바라보았다.

제법 거리를 두고 떨어져 있던 철면신이 은근슬쩍 그의 뒤쪽으로 가까이 다가와 섰던 것이다.

설무백은 이미 그 이유를 익히 짐작하기에 별다른 내색하지 않고 물었다.

"너도 느낀 거냐?"

철면신이 대답했다.

"있다, 누군가. 주군을 본다."

설무백은 새삼스러운 눈빛으로 철면신을 바라보았다.

그도 이미 느끼고 있었다.

제갈명이 곁으로 다가온 시점이었다.

암중에서 자신을 주시하는 시선이 있었다. 그런데 약간의 시간 차이는 있었지만 그도 겨우 느낀 그것을 철면신이 감지하고 그를 지키기 위해 곁으로 바싹 붙었던 것이다.

'이러다가 나마저 능가할지도⋯⋯!'

설무백은 측근의 그 누구보다도 급진적으로 발전하는 철면신의 능력에 못내 경각심마저 들었다.

'그나저나, 이 시점에 자객⋯⋯?'

설무백은 뭔가 앞뒤가 맞지 않는 것 같아서 기분이 묘했다.

그때 풍잔의 식구들이 총동원되어 수습하고 있는 전장의 저편에 나타나서 그의 곁으로 다가오는 사람들이 있었다.

철면신의 곁에 서 있다가 철면신이 갑자기 설무백의 뒤로 바싹 붙자 엉겁결에 따라붙은 공야무륵이 그들을 알아보며 말했다.

"이제 돌아오네요."

귀선교주 부이문의 죽음을 확인하고 돌아오는 네 사람, 태양신마와 일견도인, 그리고 그들의 뒤를 따르는 요미와 고고매였다.

　설무백은 왠지 모르게 심각해 보이기도 하고 시무룩해 보이기도 하는 그들의 기색을 느끼며 물었다.

　"놓쳤소?"

　태양신마가 무색한 표정으로 퉁명스럽게 대꾸했다.

　"죽었네."

　"죽어? 죽인 게 아니라……?"

　"죽었습니다."

　고고매가 나서며 부연했다.

　"다른 누군가의 손에 죽었습니다. 그런데 그 누군가의 발길이 이쪽으로 이어져 있습니다."

　"아……!"

　설무백은 바로 이해했다.

　태양신마가 그걸 오해했는지 곱지 않게 일그러진 눈가로 설무백을 쳐다봤다.

　도둑이 제 발 저린다는 식으로, 자신의 실패를 두고 묘하게 반응하는 설무백의 태도를 보자 과민하게 반응하는 것이다.

　"기분 풀어요. 별거 아니니까."

　설무백은 오히려 태양신마를 위로하고는 고고매에게 시선을 주며 물었다.

"어떻게 죽었지?"

고고매가 대답했다.

"뒤에서 정확히 폐부를 찔렀습니다. 다만 조금 이상한 것이 있는데, 전혀 반항의 흔적이 없었습니다."

설무백은 고개를 갸웃했다.

"그 정도의 고수가 뒤에서 가해지는 기습을 전혀 눈치채지 못했다?"

고고매가 대답했다.

"둘 중 하나입니다. 실로 완벽한 암습이었거나, 상대가 하나가 아닌 둘이었거나."

설무백은 고개를 끄덕였다. 그리고 자리를 털고 일어나며 한마디 농으로 그들을 해산했다.

"알았으니, 이제 어서 밥값이나 해. 다들 손이 부족해서 난리니까."

전장의 정리는 꼬박 사흘 밤낮이 소요되었다.

물청소까지 하겠다는 제갈명의 말은 과장이 섞인 것이긴 하나, 전장의 모든 지역을 밭처럼 갈아엎어서 피비린내 나는 싸움의 흔적을 깔끔히 지웠다.

초원이 황무지로 변해 있었다.

경사 순천부의 황궁에서 보낸 칙사(勅使)가 풍잔에 도착한 것은 그날 정오였다.

"어째 분위기가 좀 묘합니다. 전혀 호의적이지가 않아요. 마치 며느리의 꼬투리를 잡으려는 시어미 같다니까요 글쎄."

칙사의 도착을 알리러 온 제갈명은 어지간히도 기분이 상한 눈치였다. 원래 큰일에는 둔감하게 굴고, 사소한 일에는 예민하게 호들갑을 떠는 묘하게 모난 성격이긴 했으나, 유독 그런 티를 내고 있었다.

"대문에 들지도 않고 거만하게 서서는 '재야의 백성 설무백은 어서 나와서 무릎을 꿇고 황상의 칙서를 배알하라', 이게 뭡니까, 대체?"

"원래 다들 그러지 않나?"

"원래는 그래도 주군에게는 그러면 안 되죠. 칙사씩이나 됐으면 주군과 황상이 어떤 사이인지 알 것 아닙니까. 그걸 알면서도 어디서 감히……!"

"모를 수도 있지."

"모르면 알게 해 줘야죠."

"응?"

설무백은 이제야 제갈명에게 무언가 다른 속내가 있음을 간파했다.

적어도 그의 면전에서는 적당히 투정을 부리다가 물러나고는 했는데, 오늘은 달랐다.

전에 없이 확고한 기색이었다.

"하고 싶은 말이 뭐야?"

제갈명이 사뭇 정색하며 대답했다.

"주군은 이제 그 누구 앞에서도 무릎을 꿇으면 안 됩니다. 중원의 전 무림인들이 주군을 주목하고 있으니까요."

설무백은 절로 이맛살을 찌푸렸다.

"왜 중원의 전 무림인들이 할 일 없이 나를 주목한다는 건데?"

"정말 몰라서 그러세요?"

제갈명이 황당해하며 부연했다.

"작금의 중원무림을 선도하는 사람이 다른 누구도 아닌 주군이니까 그렇죠."

설무백은 본디 지금 제갈명이 말하는, 아니, 말이 의미하는 무림의 패권 다툼이나 주도권 싸움에 전혀 관심이 없었기 때문에 바로 인상을 쓰며 면박을 주려고 입을 열었으나, 제갈명이 기회를 주지 않고 먼저 다시 말했다.

"주군의 생각은 익히 잘 알고 있습니다. 하지만 이건 주군 혼자만의 문제가 아닙니다. 우리 풍잔에 속한 모든 사람들의 권위와 자존심이 걸려 있는 문제입니다. 주군께서 고개를 숙이면 우리 풍잔에 속한 모든 식구들이 고개를 숙이는 것과 다름없습니다. 주군은 주군으로서 우리 모두의 권위와 자존심을 지켜줄 의무가 있습니다."

설무백은 머쓱해졌다.

말만 들어서는 틀린 말이 아니었다.

그는 면박을 주려던 마음을 약간 고쳐먹고 물었다.

"백성이 황제에게 고개를 숙이는 것도 문제가 되나? 무림인
도 어차피 황토(皇土)에 사는 백성이잖아?"

설무백이 아니라고 대답했다.

"백성이라도 보통 백성이 아니지요. 황토에 사는 게 아니라
무림에 사니까요."

"무림은 황토가 아니라는 거야?"

"관념의 차이입니다. 무림은 황토에 있지만, 무림이 황토에
있다고 생각하는 무림인은 없습니다. 생각해 보십시오. 나라의
은혜를 입고 있다고 생각하는 무림인을 한 번이라도 보신 적이
있습니까?"

없었다.

설무백은 그래서 말문이 막혔다.

제갈명이 다시금 힘준 목소리로 강변했다.

"하물며 작금의 주군은 무림의 제왕과 다름없습니다. 그런
분이 황상도 아니고 고작 황상의 칙사에게 무릎을 꿇고 고개를
숙인다면 수많은 무림인들에게 지탄을 받으실 겁니다. 그걸 내
색은 하지 않겠지만, 속으로 욕할 것이 자명합니다."

"제왕……?"

설무백은 너무 황당한 소리라서 웃지도 못하고 재우쳐 물었
다.

"너 요즘 자꾸 제왕 타령하는데, 대체 왜 그러는 거야? 꿈속

에 살고 있냐, 너?"

제갈명이 답변 대신 불쑥 반문했다.

"주군은 별호와 이름이 어떻게 다른지 아십니까?"

설무백은 생뚱맞은 질문에 조금 당황하면서도 습관처럼 바로 대답했다.

"그야 이름은 부모가 지어 주지만 별호는 다른 사람이 자신의 특성이나 버릇 등을 보고 지어 주는 게 다르다면 다르겠지."

제갈명이 기다린 것처럼 다시 물었다.

"그럼 같은 점은요?"

설무백은 이맛살을 찌푸렸다.

"너 지금 매를 벌고 있는 거 아냐?"

제갈명이 흠칫 놀라서 두 손을 들고 방어의 자세를 취하며 뒤로 물러났다.

"그러지 마시고 일단 대답부터……!"

설무백은 짐짓 냉정한 눈빛으로 제갈명을 직시하며 말했다.

"모르니까 네가 아는 걸 말해 봐. 대신 쓸데없는 소리면…… 알지?"

제갈명이 알다 마다요라는 표정으로 웃으며 대답했다.

"처음에는 가족만 알고, 그다음에는 주변의 몇몇만 알지요. 하지만 시간이 가고 세월이 지나다 보면 아는 사람이 늘어나지요. 그가 가진 능력과 힘에 비례해서 말입니다."

"그래서?"

"그래서가 아니라 그런 겁니다. 주군께선 저에게 처음으로 무림의 제왕이라는 말을 들었지만, 이제 곧 모두가 그렇게 부를 날이 오리라고 저는 믿어 의심치 않습니다. 필요하다면 목숨이라도 걸 수 있습니다. 그러니 제왕답게 행동해 주십시오. 주군을 모시는 저희들의 권위를 위해서라도 말입니다."

설무백은 쓰게 입맛을 다셨다.

제왕이라는 말이 너무 거창해서 그렇지, 그에 딸린 다른 말들은 부정하기 어려울 정도로 수긍이 가서 달리 반박의 여지가 없었다.

그는 못내 두 눈가를 좁히며 제갈명을 바라보았다.

"너 혹시 이것도……?"

"아닙니다!"

제갈명이 기다렸다는 듯이 말을 자르며 부정했다.

"제 위상과는 전혀 상관없습니다!"

정말 그런 것 같았다.

그 정도 진위는 얼마든지 확인할 수 있는 눈을 가진 사람이 설무백이었다.

"대장 놀이에는 관심 없지만……."

설무백은 결국 제갈명의 조언을 받아들였다.

"식구들의 위상이 걸린 문제라니 어쩔 수 없지."

제갈명이 좋아했다.

"실로 옳고 지당한 결정을 하신 겁니다!"

"쓸데없이 문자 써서 있는 척 하지 말고."

설무백은 자못 면박을 줘서 제갈명의 입을 다물게 하고는 자리를 털고 일어나며 물었다.

"누구라고 했지, 그 칙사?"

제갈명이 대답했다.

"이름은 계석(戒石)이고, 호부상서로 영전한 엄자성의 뒤를 이어서 호부시랑의 자리를 꿰찬 자입니다. 한림학사(翰林學士) 출신이고요."

"호위관은?"

"지방관 출신의 장수인 손백(孫栢)입니다. 계석과 마찬가지로 얼마 전에 중랑장(中郞將)의 지위에 올랐습니다. 나름 알아보니, 금군대교두 공손벽의 제자 중 하나더군요."

설무백이 묵묵히 고개를 끄덕이며 밖으로 나서자, 그는 재빨리 뒤따르며 자신의 소견을 덧붙였다.

"학사답게 고지식해서 깐깐하게 느껴지는 것이 아니라, 벼락부자가 돼서 되바라지게 건방을 떠는 것으로 보이는 작자입니다. 손백 역시 그런 계석의 건방을 당연하다고 생각하는 안하무인으로 보이고요."

경사 순천부의 황궁에서 보낸 칙사인 호부시랑 계석은 제갈명이 전한 말 그대로 풍잔의 대문 앞에 우뚝 서서 기다리고 있었다.

그 뒤에는 호위관인 중랑장 손백이 서 있고, 주변에는 대략 오십여 명의 병사들이 어느 정도의 공간을 확보한 채 반원을 그리며 그들을 둘러싸고 있는 모습이었다.

계석의 첫인상 또한 제갈명의 말 대로였다.

풍잔의 대문을 나서는 설무백을 바라보는 계석의 눈빛에는 고압적인 멸시로 가득했다.

설무백은 이런 눈빛을 보이는 자들의 심경을 익히 잘 알고 있었다.

명문대가에서 태어나 평생 싫은 것은 해 본 적이 없고, 해서도 안 된다고 생각하는 부류였다.

몸을 쓰는 것은 하층민이나 하는 짓이라 생각해서 손에 물을 묻히는 것조차 꺼려하는 귀공자이며, 머리는 좋을 것이나, 오직 그게 다인 책상물림이었다.

반면에 호위관인 손백은 제갈명의 말과 조금 달랐다.

설무백이 풍잔의 대문을 나서며 잠시 확인한 손백의 눈빛에는 정오의 땡볕 아래서도 꼿꼿하게 정자세를 유지한 채 오만하게 서 있는 계석의 행동에 동의하고 동조하는 기색이 전혀 없었다.

오히려 계석의 태도를 우습다 못해 가소롭게 여기는 기운이 그의 눈빛에서 엿보였다.

물론 풍잔의 대문을 나서는 순간에 잠시 스쳐 지나간 눈빛의 느낌이라 확신할 수는 없지만, 설무백은 그 느낌이 틀리지 않다는 확신을 가졌다.

이내 밖으로 나서는 그를 마주한 계석의 눈빛에서 호위관으로서 마땅히 가져야 할 책임과 의무가 전혀 느껴지지 않았기 때문이다.

계석은 자신이 호위해야 할 칙사 계석이 아니라 밖으로 나서는 그에게 더욱 관심을 보이고 있었다. 그리고 그건 단순한 호기심이 아니라 실로 내밀한 의미가 느껴지는 관심이었다.

설무백은 그래서 알았다.

'놈이군!'

그때 계석이 밖으로 나서는 설무백을 매섭게 주시하며 큰 소리로 외쳤다.

"재야의 백성 설무백은 어서 무릎을 꿇고 황상의 칙서를 배알하라!"

설무백은 무릎을 꿇지 않았다.

대신 계석의 옆에 서서 황제의 칙서가 있는 상을 두 손으로 받쳐 들고 있는 관리에게 뚜벅뚜벅 다가가서는 아무렇지도 않게 칙서를 잡아들었다.

"이, 이 무슨 해괴망측한······!"

계석이 당황해서 두 눈이 휘둥그레진 채 어쩔 줄 몰라 했다.

뒤에 도열한 병사들도 다르지 않았다.

다들 너무 당황했는지 그저 바라볼 뿐 나서는 자가 없었다.

뒤늦게 계석이 나서서는 칙서를 펼치려는 설무백의 손에 매달리며 호통을 내질렀다.

"당장 그만두지 못할까!"

설무백은 슬쩍 뿌리쳤다.

실로 가볍게 뿌리친 것이지만 무공에 무자도 모르는 계석은 속절없이 나동그라졌다.

"이놈!"

계석이 길길이 날뛰었다.

"뭣들 하느냐! 당장에 저놈을 포박하라!"

병사들이 그제야 허겁지겁 나섰다. 그리고 다시 거짓말처럼 멈추었다.

군중 사이에 섞여서 구경하고 있던 풍잔의 식구들이 그들의 앞을 막아섰던 것이다.

그들 중의 하나, 어깨에 죽은 돼지 하나를 짊어지고 있던 제연청이 푸줏간에서 쓰는 짤막한 식칼로 돼지의 머리를 두드리며 병사들에게 경고했다.

"괜히 나섰다가 죽지 말고 그냥 그대로 가만히 있어."

병사들이 그대로 가만히 서서 움직이지 않았다. 기실 그들은 제연청의 경고가 아니었어도 움직이지 못했을 터였다.

그들의 앞을 막은 풍잔의 식구들만이 아니라 주변에 운집해 있던 구경꾼들 거의 다가 싸늘하게 그들을 노려보며 적개심을 드러냈기 때문이다.

그도 그럴 것이, 난주에 사는 사람들은 너나 할 것 없이 거의 전부가 풍잔의 일원과 다름없이 풍잔으로 인해 먹고사는 사람들인 것이다.

"자, 장군……!"

병사들이 상관인 손백의 눈치를 보았다.

손백은 그저 골치가 아프다는 표정이었다.

나설 생각이 전혀 없어 보이는 태도였다.

설무백은 적이 무색해진 표정으로 입맛을 다시며 그런 손백을 물끄러미 바라보았다.

그때 어디선가 다수의 말발굽 소리가 들려왔고, 이내 저잣거리의 저편에서 한 무리의 인마 떼가 나타났다.

풍사가 선두에서 이끄는 광풍대였다.

설무백은 자신도 모르게 쓴 입맛을 다셨다.

하필이면 우연찮게도 몽고에서 철수한 광풍대가 이 순간에 도착한 것이다.

그는 시선을 마주하고 있는 손백을 향해 어쩔 수 없다는 표정으로 어깨를 으쓱하며 말했다.

"아쉽게 됐네. 나름 너에게 완벽한 기회를 제공하려고 했는데, 말이야."

"그런 것 같더군."

칙사 계석의 호위관인 중랑장 손백은 조금도 놀라거나 당황하지 않는 모습으로 웃으며 대꾸하고 있었다.

설무백도 그랬다.

태연히 웃으며 물었다.

"그래서 이름은?"

손백이 순순히 대답했다.

"마령. 어쩌다보니 다들 그렇게 부르더군."

설무백은 고개를 갸웃했다.

별호든 뭐든 처음 듣는 이름이었다.

상당한 고수가 분명한데 처음 들어 보는 이름이라 못내 호기심이 동했다.

"소속은?"

"대충 마교라고 해 두지."

역시나 선뜻 대답해 준 상대, 손백의 모습으로 변해 있는 자객 마령이 말미에 질문을 덧붙였다.

"근데, 어떻게 알았지? 꽤나 조심했는데 말이야."

설무백도 선뜻 대답해 주었다.

오는 게 있으니 가는 것도 있어야 하지 않은가.

"장군이라니, 너무 튀잖아. 차라리 군졸로 변장하지 그랬어. 내게 은밀하게 접근하는 게 목적이었다면 그러는 편이 더 낫지 않았나?"

마령이 어깨를 으쓱했다.

"그 생각도 안 해 본 건 아닌데, 못내 쪽팔리더라고. 게다가 그렇게 안 하길 잘했어. 몇 시진 동안이나 저 어린애의 수발을 드는 것도 괴로워서 죽을 뻔했는데, 군졸이었으면 아마 중도에 폭발했을 거야. 내가 보기보다 인내력이 없거든."

칙사인 호부시랑 계석을 두고 하는 말이었다.

"그랬군."

설무백은 웃는 낯으로 수긍했다.

상대 손백은, 아니, 손백으로 분하고 있는 자는 지난 며칠 동안 그의 주변을 배회하며 기회를 노리던 자객이었다. 그러다가 불과 몇 시진 전에 설무백을 방문한 칙사 일행을 알게 되자 이때다 싶어서 호위관인 중랑장 손백을 암살하고 자신이 손백으로 화해 있었던 것이다.

마령이 웃는 낯으로 투덜거렸다.

"결과적으로 이렇게 들키고 보니 조금 아쉽긴 하군. 어떻게 든 참고 그랬어야 했나 싶어서 말이야."

설무백은 고개를 저었다.

"아쉬워하지 마. 그래도 결과는 달라지지 않았을 거야."

"그래도 미리 알았을 거다?"

"아닌 것 같아?"

"하하……!"

손백의 모습으로 변해 있는 자객이 크게 웃고는 이내 그치며 비아냥거렸다.

"재수 좋게 한번 알아낸 것을 가지고 정말 기고만장하네. 그거 알아? 내가 나를 알아낸 것도 내가 실수해서야. 칙사를 그 따위로 대접할 줄은 몰라서 내가 조금 당황했거든."

이번에는 설무백이 투덜거렸다.

"우리 풍잔을 너무 무시하네."

"우리 풍잔?"

자객이 묘하다는 듯이 이맛살을 찌푸리며 재우쳐 물었다.

"네가 아니고?"

설무백은 특유의 미온한 미소를 지으며 무심하게 말을 받았다.

"너를 상대할 수 있는 사람이 지금 이 자리에만 적어도 열한 명은 된다. 그중에 다섯 명 정도는 너와 충분히 자웅을 결할 수 있는 수준의 인물이고. 안 믿기지?"

마령이 웃었다.

"허풍이 심하군."

그는 당연히 믿을 수 없다는 투로 혹은 대꾸할 가치가 없다는 것처럼 끌끌 혀를 차며 덧붙였다.

"어깨에 힘만 잔뜩 들어간 마왕 한둘 내몰았다고 기분이 들떠서 이러면 곤란해. 나는 그따위 작자들과 조금 다른 사람이니까."

설무백은 기분이 묘했다.

대부분의 사람은 자신이 겪어 보지 않은 일에 대해서는 불신하기 마련이다.

관을 봐야 눈물을 흘린다는 말이 그래서 있는 것이다.

그러나 지금 상대 마령의 태도는 그와 별개로 조금, 아니, 적이 특이했다.

소속이 마교라고 하면서 정작 마왕들을 대놓고 그따위 작자들이라고 하는 것부터가 그랬다.

'뭐지 이놈? 제오열인가?'

설무백이 못내 그런 생각까지 드는 참인데, 진즉에 그들의 곁으로 다가왔으나, 대충 상황을 간파한 듯 굳이 나서지 않고 주변만 에워싸는 형태로 대기하던 광풍대의 선두, 풍사가 슬쩍 마상에서 내리며 물었다.

"저는 그 열한 명 중 어디에 속하는 겁니까?"

"글쎄……?"

설무백은 정확한 대답을 회피했다.

어떤 식으로든 대답을 해 주었다가는 지금 군중 속에 섞여서 눈을 빛내고 있는 풍잔의 요인들이 너도 나도 나설 것 같았다.

풍사가 물러나지 않고 히죽 웃으며 물었다.

"그럼 제가 직접 확인해 봐도 되죠?"

'아, 그런 수가 있었나?'

설무백은 내심 고소를 금치 못했다.

이상하게 마령과 싸우고 싶지 않았다. 아니, 정확히는 마령을 싸우게 하고 싶지 않았다.

왠지 모르게 필요한 녀석이라는 기분이 들어서였다.

그래서 에둘러 대답하며 무슨 다른 수가 없나 살피려는데, 풍사가 그 틈을 비집고 나선 것이다.

"그럼 이렇게 하지."

설무백은 호승심에 불이 붙은 풍사의 시선을 애써 외면하며 마령을 향해 말했다.

"우리 내기하자."

"내기?"

마령이 이건 또 무슨 귀신 씻나락 까먹는 소리냐는 눈빛으로 설무백을 바라보았다.

"무슨 내기?"

"내 말이 맞나 틀리나."

"지금 날 놀리는 거냐?"

"이렇게 진지하게 놀리는 사람도 봤냐?"

"……."

설무백의 대답을 들은 마령이 정말 묘한 놈이라는 듯이 쳐다 보면서도 못내 관심을 보였다.

"내기니 거는 게 있겠지?"

설무백은 신난 것처럼 설명했다.

"내 말이 틀렸으면 아마 조건 없이 너를 살려 주겠다. 대신 내 말이 옳으면 너는 내 심부름을 하나만 해 주면 된다. 어때, 괜찮은 내기지?"

"나를 살려 주겠다?"

마령이 비릿하게 웃었다.

극도의 반감이 느껴지는 눈빛이 설무백을 쏘고 있었다.

설무백은 대수롭지 않게 그런 그의 시선을 외면하고 주변을 둘러보며 물었다.

"이 자리를 벗어날 수 있을 것 같나?"

마령이 무심결인 듯 설무백의 시선을 따라서 주변을 둘러보았다. 몇몇 사람이 주변을 에워싼 구경꾼들 틈을 비집고 나와서 그를 바라보고 있었다.

아직 그는 모르지만 검노와 예충 등 풍잔의 요인들이었다.

그리고 그가 그들에게서 예사롭지 않은 기도를 느끼며 시선을 바로했을 때, 설무백의 측면에 있던 철가면의 사내가, 그는 아직 모르지만 철면신이 앞으로 나서 있었다.

내색은 삼갔으나, 철면신은 그가 은연중에 가장 경계하고 있는 인물이었다.

"쳇!"

마령은 신경질적으로 혀를 차고 말했다.

"그래 하자, 내기!"

실로 오랜만에 풍잔의 실외 연무장인 풍무장이 수많은 사람들로 가득 찼다.

설무백의 안내로 그곳에 도착한 마령은 홀로 그런 풍무장의 중앙에 서 있었다.

상대를 기다리는 것이다.

아무리 봐도 광대가 된 것 같아서 더럽기 짝이 없는 기분이었으나, 그로서는 선택의 여지가 없었다.

우선 군중 속에서 나선 검노 등의 기도가 실로 하나같이 예사롭지 않았다.

그리고 그보다 더 중요한 것은 그들이 군중 속에 섞여 있을 때, 그는 전혀 그들의 존재를 느끼지 못했다는 사실이었다.

아니, 누군가 있는 것 같다는 기분은 들었다.

하지만 그게 다였다.

그건 설무백의 말마따나 그들과 그의 실력 차이가 그다지 많이 나지 않는다는 것을 뜻했다. 물론 마령이 이내 설무백의 제안을 수용한 이유가 그게 전부는 아니었다.

그는 기본적으로 사람과의 약속을 전혀 중요하게 생각하지 않았다.

사람의 약속은 항상 손으로 잡을 수 없는 뜬구름과 같다고 생각하는 사람이 그였다.

원한다면 약속은 해 준다.

하지만 빈틈이 나면 언제든지 몸을 빼겠다.

이것이 약속을 수락하는 순간부터 그의 뇌리에 자리한 생각이었다.

그러나 풍잔의 대문을 통과하는 순간부터 그는 그런 생각을 뇌리에서 완전히 지워 버렸다.

그럴 수밖에 없었다.

대문 밖의 상황은 실로 아무것도 아닌 장난에 불과했다.

풍잔의 영내는 그야말로 견고하고 철저하게 다듬어진 철옹성과 다름없었다.

딱히 이렇다 할 경계를 펼치고 있어서가 아니었다.

대충 드문드문 서 있는 경계들이 다들 범상치 않은 기도를 풍겼고, 오가다 마주친 사람들조차 하나같이 상승의 경지가 느껴졌다.

하다못해 마당을 쓸고 있던 마당쇠들도 강호에서 흔히 마주칠 수 없는 예기를 발하는 고수들이라 그에 대해서는 실로 두말할 나위가 없었다.

중원무림에, 아니, 세상에 이런 곳이 있다는 사실이 그는 당최 믿기지가 않았다.

모르는 사람이라면 여기가 바로 마교총단이라고 해도 믿을 수 있을 정도였다.

물론 그렇다고 해서 포기한 것은 아니었다.

그는 여전히 포기하지 않고 있었다.

자기 자신의 무공에 대해서 더할 수 없는 믿음과 확신을 가지고 있는 사람이 그였기 때문이다.

설무백이 대체 무슨 생각으로 이런 제안을 했는지는 모르겠지만, 이건 분명한 실수라고 그는 생각했다.

'그 많은 사람들 앞에서 대놓고 선언했으니, 설마 나중에 발뺌하지는 않겠지.'

이것이 풍무장의 중앙으로 나선 마령의 솔직한 심정이었다.

다른 자들은 차치하고, 설무백이 직접 나선다고 해도 그는 이길 자신이 있었다.

그래서 언제 어느 순간이고 간에 설무백이 상대로 나서기를 바라는 것이 그의 은근히 기대였다.

어째 상황이 묘하게 꼬이긴 했지만, 설무백이 나선다면 실로 편하게 임무를 완수할 수 있는 것이다.

'그다음이 문제인데……!'

설무백이 죽으면 풍잔의 무리가 그대로 가만히 있지 않을 터였다.

약속이고 뭐고 간에 개떼처럼 달려들어서 그를 물어뜯어 죽이려 들 것 자명했다.

제아무리 부처님 가운데 토막이라도 복수의 감정 앞에서는 약속을 논할 수는 없다는 것이 그의 고정관념인 것이다.

'아무래도 도주로를 미리 찾아놔야겠군.'

마령은 이미 다 이긴 싸움으로 생각하며 사뭇 예리하게 풍무장의 이곳저곳을 둘러보았다.

아무리 그라도 풍잔의 무리가 떼로 달려들면 도저히 감당할 수 없다는 생각 아래 미리 탈출할 수 있는 통로를 찾아두려는 것이다.

그때였다.

웅성웅성 왁자지껄하던 장내의 분위기가 갑자기 조용하게 가라앉았다.

"……?"

마령은 뭐지 싶어서 어리둥절해하다가 뒤늦게 발견하고는 절로 이맛살을 찌푸렸다.

잠시 깊은 상념에 빠져 있는 바람에 몰랐던 것 같았다.

실로 요사스럽게 깜찍한 묘령의 소녀 하나가 그의 면전에 서서 생글거리며 웃고 있는 것이 아닌가.

"뭐냐, 너는?"

마령은 쓰게 입맛을 다시며 묻고 있었다.

설마 요런 꼬맹이가 설무백이 내세운 자신의 상대라고는 눈곱만큼도 생각하지 않았다.

그런데 그의 생각이 틀렸다.

꼬맹이는 설무백이 내세운 그의 첫 번째 비무자가 맞았다.

꼬맹이가, 바로 요미가 생글거리며 웃는 낯으로 그걸 밝혔다.

"뭐긴, 당신의 첫 번째 상대지."

마령은 어이없다 못해 기가 막혀서 헛웃음을 흘리며 저편, 풍무장의 중앙 계단에 앉아 있는 설무백을 향해 인상을 썼다.

"지금 장난하나?"

설무백이 태연하게 고개를 저었다.

"아닌데."

마령은 벌컥 화를 냈다.

"대체 무슨 생각을 하는 거지?"

설무백이 웃었다.

"실력에 비해 사람 보는 눈이 낮군."

마령은 의미심장한 설무백의 말은 둘째 치고, 아무리 봐도 장난을 하는 것 같지 않아서 새삼스러운 눈초리로 요미를 살펴보았다. 그리고 이내 오만상을 찡그렸다.

그제야 그녀가 예사롭지 않은 기운을 갈무리하고 있다는 사실을 발견한 것인데, 그게 이유의 전부는 아니었다.

어째 그녀에게서 느껴지는 기운이 낯설지 않았다.

그때 요미가 불쑥 뱉어 낸 한마디로 그에게 충격을 주었다.

"당신 전진신가(全眞神家)의 후예지?"

드러나지 않는 것들 (2)

졸지에 맞이한 마령의 충격은 그리 오래가지 않았다.

그보다 더한 충격이 그를 강타했기 때문이다.

요미가 본색을 드러냈던 것이다.

"음……!"

마령은 절로 침음을 흘렸다.

요미의 검은 눈동자가 희미하게 흐려지며 요사스러운 회백색으로, 다시 은백색으로 변했고, 스멀스멀 기어오르는 벌레처럼 혹은 소리 없이 스며나는 안개처럼 일어난 사이한 기운이 그녀의 전신을 감쌌다.

그 모습이 얼마나 사이하고 사특한지, 마교의 그늘에서 기괴하다 못해 해괴한 온갖 사술(邪術)과 방술(傍術)을 경험한 그조차 이채롭기 짝이 없는 모습이었다.

그러나 그의 입에서 침음이 흘러나온 것은 그 때문이 아니라 다른 이유였다.

요미의 정체를 알아본 것이다.

"네가 요안마녀구나. 전진사가의 후예였나?"

요미가 백옥처럼 요사스럽게 빛나는 은백색의 두 눈으로 생글거리며 대꾸했다.

"이제야 알아보네. 사람 보는 눈을 더 길러야겠어. 내가 본색을 감추고 기습했으면 어쩔 뻔했어?"

마령이 자못 음충맞은 기소를 흘렸다.

"흐흐, 사가의 후예이니 잘 알 것이 아니냐. 신가의 후예에게는 천하의 그 누구도 뚫을 수 없는 벽이 있다는 것을 말이다. 흐흐흐……!"

요미가 웃는 낯으로 말을 받았다.

"알지, 신가의 신공인 벽력천강기(霹靂天罡氣). 하지만 신가의 후예이니 당신도 잘 알 거 아냐. 사가의 후예에게는 그 어떤 것도 파고들 수 있는 사술이 있다는 거."

마령이 물론 알고 있다는 듯 고개를 끄덕였다. 그리고 오른손을 측면으로 펼쳤다.

그 손에 한 자루 칼이 쥐어졌다.

얼음으로 만들어진 듯 반투명한 협도였다.

"물론 나도 알고 있지, 사천미령제신술. 전부터 정말 궁금했었다. 사가의 사천미령제신술이 신가의 벽력천강기를 뚫을 수 있을지 말이다. 오늘에서야 비로소 그걸 확인할 수 있게 되었구나."

요미가 반색하며 동조했다.

"나도 그랬는데."

마령이 픽 웃고는 수중의 협도를 가슴 앞에 세웠다.

그의 살기가 짙어졌다.

"계집을 먼저 공격할 수는 없으니, 선공을 양보하마."

요미가 웃었다.

"아이고, 고마워라."

말보다 빨리 그녀의 신형이 움직였다.

아무런 사전 동작도 없이 솟구친 그녀의 신형이 실로 거짓말처럼 대번에 마령의 머리 위에 떠 있었다.

"흥!"

마령이 코웃음을 치며 이미 예상이라도 한 것처럼 수중의 협도를 휘둘렀다.

허공의 요미를 향해 서릿발 같은 기세가 뻗어 나갔다.

요미가 웃는 낯으로 두 팔을 벌리며 그 기세를 품에 안았다.

마치 그냥 그대로 칼을 맞아서 죽어 버리겠다는 행동으로 보였으나, 실제는 그게 아니었다.

퍽―!

요미의 신형이 물거품처럼 꺼져서 사라졌다.

마령의 협도가 뿜어낸 검기성강의 기세가 헛되이 허공을 가르는 그 순간, 허공에서, 정확히는 어딘지 모를 사방에서 요미의 간드러지는 웃음이 들려왔다.

"히힛, 우선 술래잡기 좀 해 보자. 날 찾아내지도 못하는 상대를 공격하는 건 조금 재미없으니까."

"흥!"

마령이 새삼 코웃음을 치며 뒤로 물러났다.

그 동작과 함께 자연스럽게 당겨지며 휘둘러진 그의 협도가 무지막지한 기세를 일으켰다.

협도에서 뿌려진 서릿발 같은 냉광이 방금 전 그가 서 있던 자리의 허공과 바닥을 맹렬히 갈랐다.

단지 하나의 동작처럼 보였으나, 셀 수도 없이 무수한 칼 그림자가 만들어진 공세였다.

쐐애애액—!

예리한 검풍 아래 허공이 갈라졌다.

바닥에는 수십 개의 갈고리가 긁고 지나가는 듯한 흔적이 남겨지고 있었다.

그 하나하나가 땅속으로 족히 한 자 이상의 깊이를 파고든 흔적이었다.

하지만 마령은 만족하지 못한 듯 이맛살을 찌푸렸다.

자신의 공세가 성공하지 못했음을 느낀 것이다.

아니나 다를까, 낭랑한 요미의 목소리가 들려왔다.

"이게 신가의 사대비기 중 하나인 청강신도(靑岡神刀)인 건가? 제법 날카로운데 그래?"

마령이 냉소를 날렸다.

"숨고 피하는 것 말고는 배운 게 없냐?"

요미가 깔깔거리며 웃었다.

사방팔방에서 들려오는 그녀의 웃음소리가 풍무장을 가득 메웠다.

마령이 오만상을 찡그렸다.

적잖은 거리를 두고 떨어져서 구경하던 풍잔의 식구들도 그랬다.

개중에는 두 손으로 귀를 틀어막는 사람들도 상당수였다.

요미의 웃음소리에는 사람의 심력을 뒤흔드는 경기가 내포되어 있는 것이다.

당연하게도 마령에게 가해지는 공격이었다.

다른 사람들은 마령에게 가해지는 타격의 일 할도 안 되는 타격을 받고 있었다.

마령이 측면의 한곳을 주시하며 불쾌하다는 표정으로 말했다.

"장난은 그만두지?"

요미가 대답했다.

"아무래도 그래야겠네."

동시에 마령이 주시하고 있는 방향에서 그녀가 모습을 드러냈다.

귀신처럼 땅바닥에서 스르르 머리부터 올라왔다.

"내 위치를 찾아낼 수 있다는 건 신가의 절기를 완성했다는 뜻이니, 어디 한번 제대로 싸워 보자."

여전히 은백색으로 빛나는 눈으로 마령을 직시하는 그녀의 손에는 한 자 길이의 붉은 비수, 이른 바 무림십대흉기의 하나인 혈마비가 들려 있었다.

"……?"

마령이 살짝 고개를 갸웃했다.

요미가 그 순간에 안색을 굳히며 바람처럼 쇄도해 들었다.

마령이 반사적으로 수중의 협도를 휘둘렀다.

무수한 칼 그림자가 쇄도하는 그녀의 전면에 그물을 만들었다.

쇄도하던 요미가 때를 같이해서 희미하게 사라졌다.

마치 칼 그림자의 그물 속으로 스며든 것 같은 상황이었다.

마령이 감히 경시하지 못하겠다는 듯 굳은 안색으로 칼끝을 당기며 측면으로 돌았다.

지켜보는 사람들 중 백의 하나도 제대로 볼 수 없을 정도로 빠른 속도의 이동이었다.

번쩍―!

방금 전까지 마령이 서 있던 공간에서 섬광이 일어났다.

허공을 가른 요미의 공격이었다.

마령이 거듭 측면으로 미끄러졌다.

이 역시 보통의 시선으로는 따갈 수 없는 속도의 신법이었다. 그리고 그 신법만큼이나 빠른 칼놀림이 그 뒤를 따랐다.

쐐애액―!

허공에서 공간을 가르는 예리한 칼바람 소리가 끊이지 않고 이어졌다.

마치 수십 명의 마령이 수십 개의 칼을 들고 휘두르는 것 같은 환상이 연출되고 있었다.

그리고 그 모든 칼질과 마주쳐서 섬광을 일으키는 것이 있었다.

바로 요미의 혈마비였다.

요미는 어디에도 없으면서도 어디에도 있었다.

순식간에 나타났다가 사라지는 그녀의 모습 역시 마령과 마찬가지로 수십 명의 그녀가 수십 개의 칼을 들고 휘두르는 것 같았다.

챙! 채챙―!

동시다발적으로 울리는 요란한 금속성이 장내를 가득 메웠다.

눈부신 섬광이 보는 이들의 시야를 어지럽히는 가운데, 조각난 검기가 사방으로 무한정 뻗어 나갔다.

그러던 어느 한순간!

쫭―!

뇌성이 울리듯 혹은 거령신(巨靈神)이 태산을 쪼개듯 울린 폭음이 터졌다. 그리고 그 여파가 둑이 무너진 강물처럼 거세게 한곳으로 날아갔다.

바로 풍잔의 요인들 사이에 앉아서 싸움을 지켜보던 설무백을 향해서였다.

"앗!"

여기저기서 경호성이 터졌다.

그러나 설무백은 실로 불시에 자신을 향해 날아오는 그 기세를 보고 느끼면서도 눈 하나 깜짝하지 않았다.

누가 봐도 아무 일도 아니라는 듯 손을 내밀어서 막았다.

마치 길을 가다가 바람에 나부끼는 낙엽을 걷어 내는 것 같은 그 손짓 아래, 노도처럼 쇄도한 기세가 거짓말처럼 아무런 소리도 없이 소멸되었다.

정적이 내려앉았다.

수십의 환영을 일으키며 격돌하던 마령과 요미의 모습이 그 순간에 하나로 자리했다.

와중에 설무백을 바라보는 마령의 눈빛에 경악과 불신, 경이와 좌절감이 떠올랐다.

설무백에게 향한 격돌의 여파가 우연이 아니라는 것을 대변하는 감정의 변화였다.

요미도 그것을 간파한 모양이었다.

"감히……!"

요미의 은백색 눈빛에 눈부신 광망이 더해졌다.

길고 가는 그녀의 머리카락이 한 올 한 올 일어나서 하늘로 뻗치는 것으로 분노를 드러내고 있었다.

마령이 이제야말로 긴장한 표정으로 그녀를 주시했다.

그 역시 전력을 다하는 듯 전신의 주변이 압력을 이기지 못하고 아지랑이처럼 일렁이고 있었다.

그때 설무백이 자리를 털고 일어나며 싸움을 중지시켰다.

"그만!"

요미가 분을 이기지 못하고 시근거리면서도 감히 나서지 못하고 멈추었다.

마령이 그런 그녀를 고깝게 일별하고는 설무백을 향해 말했다.

"싸움이 아직 안 끝났는데?"

설무백은 고개를 저었다.

"끝났어. 이대로 가면 둘 중 하나는 죽는다. 어쩌면 둘 다 죽을 수도 있고. 나는 고작 내기에서 사람이 죽어 나가는 것을 바라지 않아."

마령이 비틀린 미소를 지으며 대꾸했다.

"수하의 목숨을 구하고 싶은 마음으로 이해하지."

누가 죽는다면 그건 틀림없이 그가 아니라 요미일 거라고 말하는 것이다.

요미가 소리쳤다.

"그냥 싸울래요!"

설무백은 그녀의 고집을 외면하며 마령을 말을 받았다.

"아닌데? 만약 누가 죽는다면 너일 가능성이 더 높은데?"

"무슨 그런 말도 안 되는……!"

보란 듯이 헛웃음을 흘리며 대꾸하던 마령의 얼굴이 똥을 씹은 것처럼 볼썽사납게 일그러졌다.

그제야 본 것이다. 아니, 느낀 것이다.

지금 이 순간 분기탱천한 요미의 전신을 감싸고 피어나는 것은 단지 전진사가의 기운만이 아니었다.

그 속에 같으면서도 전혀 다른 느낌을 주는 기운이 섞여 있었고, 그건 마령도 익히 잘 아는 기운이었다.

"전진마가의 진전도 이었다는 건가?"

요미는 대답하지 않았다.

대신 더욱 강렬하진 눈빛으로 마령을 쏘아보고 있을 뿐이었다.

설무백이 그사이에 다시 나섰다.

"아무리 봐도 말이 되겠지?"

그는 흡사 어린아이를 타이르듯 덧붙여 말했다.

"모르고 있다가 이제야 알았잖아. 그녀가 어떤 칼을 꺼내 들건지 말이야."

"흥!"

마령은 코웃음부터 쳤다.

백간부여일련(百看不如一練)이고, 백련부여일전(百練不如一專)이라, 백 번 보는 것은 한 번 익히는 것만 못하고, 백 가지를 익히는 것이 하나의 정통함만 못하다고 했다.

그리고 지금의 그는 전진신가의 절기를 대성한 몸이었다.

상대, 요미가 어떤 사연에 기인해서 전진사가와 전진마가의 진전을 다 익히게 되었는지는 몰라도, 그는 자신이 패배할 거라는 생각이 전혀 들지 않았다.

"그 말을 들으니 더욱 싸워야겠다는 생각이 드는군."

설무백이 특유의 미온한 미소를 입가에 드리우며 대꾸했다.

"그러지 말고 그냥 내 말을 따라. 너는 약속을 깨고 나를 암살하려 했잖아. 한 번 더 기회를 주려고 그걸 묵인해 주는 건데, 싫어?"

이건 경고였다.

네가 먼저 약속을 깼으니, 이제 내가 약속을 깨도 무방하다는, 지금 이 자리에 있는 풍잔의 식구들이 전부 다 나서도 너는 할 말이 없다는 소리인 것이다.

"……."

마령은 말문이 막혀 버렸다.

이건 정말 변명의 여지가 없어서 뭐라고 대꾸할 말이 없었다.

설무백이 그런 그를 향해 픽 웃으며 다시 자리에 앉았다.

"수긍한 거다?"

"쳇!"

마령은 어쩔 수 없이 수긍하며 설무백을 외면했다.

그때 어디선가 한 줄기 강렬한 파공음이 일어났다.

쐐애애애액—!

백색의 섬광 하나가 예리하게 공기를 가르며 날아들더니, 마령을 감쌌다.

마령이 반사적으로 솟구쳐서 백색의 섬광을 피했다.

백색의 섬광이 그런 그의 뒤를 그림자처럼 따라붙었다.

"익!"

마령이 반사적으로 돌아서며 수중의 협도를 수직으로 내리쳐서 백색의 섬광을 갈랐다.

쩡—!

날카로운 금속성과 함께 백색의 그림자가 튕겨 나가서 크게 선회하더니, 저편 뒤쪽에 서 있는 한 사람의 수중에 들어갔다.

"나야, 다음 상대는!"

화사였다.

"쟤가 왜……?"

검노의 의문이었다.

느닷없이 난입한 화사의 행동에 어리둥절해하는 것이다.

설무백은 어깨를 으쓱했다.

"글쎄……? 싸워 보고 싶었나 보지."

검노가 인상을 썼다.

"주인의 허락이 아니라 저 아이가 제멋대로 나섰다는 거요,

지금?"

"그렇긴 한데…….."

설무백은 웃는 낯으로 말했다.

"재미있을 것 같지 않아?"

"그야, 뭐…….."

검노가 멋쩍은 표정을 지으며 입맛을 다셨다.

그가 생각해도 흥미로운 싸움이긴 했던 것이다.

그때 뒤쪽에 앉아 있던 철마립이 한마디 했다.

"최근 제갈향 소저에게 전수받은 적엽비화과 비환의 조화를 완성했습니다."

설무백은 고개를 끄덕였다.

"아까 보니 그런 것 같더군."

"아무리 그래도 그렇지…….!"

검노가 못내 아쉬워했다.

마령의 첫 번째 상대로 요미가 나선 것까지는 이해해도, 두 번째는 틀림없이 자신이라고 생각했던 것 같았다.

설무백은 그런 그를 향해 넌지시 말했다.

"애초에 내가 말한 다섯 명 중에 검노는 없어."

검노의 발끈했다.

"왜요? 어째서요?"

설무백은 빙그레 웃고는 불쑥 반문했다.

"천도파풍(天渡破風), 아직 완성하지 못했지?"

검노의 얼굴이 휴지처럼 구겨졌다.

'하늘을 건너서 깨트리는 바람'이라는 거창한 이름인 천도파풍은 그간 검노가 자신이 섭렵한 무당검법을 집대성해서 창안한 검법인 태청풍뢰검(太淸風雷劍)의 최후초식인 어검술이었다.

그리고 설무백의 말마따나 그는 아직 완성하지 못했다.

"그건 그렇지만……!"

"알아."

설무백은 잘라 말했다.

"굳이 그걸 사용하지 않아도 어느 정도 싸움은 되겠지. 어찌어찌 잘하면 이길지도 모르고. 하지만 이기든 지든 기본적으로 상당한 출혈을 감수해야 할 거야. 아무리 봐도 저 인간 역시 비장의 한 수는 감추고 있는 것 같으니까. 아까 봤잖아, 그 와중에 나 노리는 거. 조금 어설프긴 했지만, 그거 요미의 힘을 흘리는 것으로 역이용한 이화접목의 수법이었어. 몰랐지?"

검노는 대답하지 않았다. 정말 모르고 있었던 것이다.

"하물며 검노는 저자와 상성이 좋지 않아. 강 대 강, 파괴와 파괴의 격돌인데, 강이라는 측면에서는 검노가 앞서지만 파괴적인 측면에서는 저자가 조금 더 앞서거든. 그래서 이겨도 크게 다친다는 거야. 이 마당에 그런 싸움해서 뭐해?"

검노가 이제야 수긍하는 표정으로 쩝쩝 입맛을 다셨다.

설무백은 그제야 눈총을 주며 말을 더했다.

"게다가 예 노인에게 들었어. 천도파풍의 출(出)과 시(施)는 이미 입문 단계를 넘어서서 제법 검을 날린다고. 다만 아직 결(決)이 미비해서 자주 다친다고. 검노 성격에 여차하면 울컥해서 앞뒤 안 가리고 천도파풍을 펼칠 텐데, 그러다가 다치는 걸 내게 꼭 보여 줘야겠어?"

"큼."

검노가 무색해진 표정으로 헛기침을 하며 말문을 돌렸다.

"그럼 저 아이 다음에는 누구를……?"

"저요."

설무백이 대답하기도 전에 먼저 나서는 사람이 있었다.

그들의 뒤쪽에 앉아 있던 검영이었다.

검노가 이건 또 무슨 상황이냐는 듯한 눈치로 설무백과 검영을 번갈아 보았다.

자신 있게 나선 검영과 달리 설무백의 표정은 어리둥절해하고 있었기 때문이다.

아니나 다를까, 이내 미간을 찌푸린 설무백이 말했다.

"난 그런 지시한 적 없는데?"

검영이 태연하게 대꾸했다.

"그럼 이제 지시를 내려주세요."

설무백은 눈살을 찌푸렸다.

"왜 그래?"

검영이 대답했다.

"어려서부터 청조각의 무공은 마공과 상극이라고 배웠어요.

그걸 확인해 보고 싶어요."

"음."

설무백은 못내 침음을 흘렸다.

난감했다.

본디 그가 선택한 두 번째 비무자는 예충이었고, 세 번째는 대력패왕의 후인인 위지건, 네 번째는 열양공의 대가인 태양신마, 마지막인 다섯 번째는 그조차 아직 저력을 파악하지 못하고 있는 철면신이었다.

나름 상성을 따졌고, 나름 그만한 이유가 있는 사람들로 결정한 것인데, 어째 일이 두 번째부터 꼬여 가고 있었다.

'이유야 어쨌든 내기는 무조건 이겨야겠는데……!'

설무백은 머리가 복잡해졌다.

마령의 검을 검영이 어느 정도 감당할 수 있을지 선뜻 판단할 수가 없어서 더욱 그랬다.

이기는 것은 바라지도 않지만, 어느 정도 대등하게 싸워 줘야만 그가 내기에서 이길 수 있지 않은가.

그때였다.

실로 꿈에도 생각하지 못한 사람이 그의 구원자로 나섰다.

그는 바로 화사와 대치하고 있던 마령이었다.

"잠깐 할 말이 있다."

설무백을 향해 하는 말이었다.

설무백이 고개를 돌려서 시선을 주자, 그가 다시 말했다.

"기권해도 되나?"

장내가 찬물을 끼얹은 것처럼 조용해졌다.

설무백은 실로 예상치 못한 상황이라 뒤늦은 대꾸로 침묵을 깼다.

"어째서?"

마령이 대치하고 있는 화사를 시작으로 장내에 늘어서 있는 풍잔의 요인들을 천천히 둘러보며 대답했다.

"더 이상 광대 노릇을 하는 건 싫어서."

설무백은 픽 웃었다.

"정확히 말하면 더 이상 가진 것을 보여 주는 것이 싫다는 거겠지?"

마령이 어깨를 으쓱했다.

"뭐 어쨌든."

인정이었다.

분하지만 어쩔 수 없었다.

여기서 그만 멈추어야 했다.

예상하지 못한 상대들이었다.

정확히는 그가 전력을 다해야만 승부를 결할 수 있는 고수들이었다.

더 이상 가진 것을 보여 주는 것은 손해였다.

오늘의 실패는 언제든지 만회할 수 있었다.

기회는 다시 만들면 그만이니까.

하지만 이대로 가진 것을 다 보여 준다면 다시 기회가 찾아와도 성공할 수 있다는 보장이 없었다.

상대는 그만큼, 즉 그가 밑천까지 드러내야 승부를 낼 수 있는 고수들인 것이다.

"거참 쪼잔하기는……!"

화사가 투덜댔다.

마령의 속셈을 읽은 것이다.

마령은 전혀 신경 쓰지 않았다.

어차피 알 사람은 다 알 터였다. 아니, 모르는 게 바보였다.

그러나 상관없었다.

싸움이었다.

싸움에서 창피나 수치를 따지는 것이야말로 정말 바보고 멍청이였다.

"그렇다면야 어쩔 수 없는 노릇이지."

설무백이 말하고 있었다.

아쉽지만 마령의 선택을 존중하겠다는 표정이었다.

마령이 기다린 것처럼 물었다.

"내게 시킬 심부름은?"

설무백은 자리를 털고 일어나며 말했다.

"악초군에게 가서 전해. 조만간 내가 찾아갈 테니……."

그는 무심히 돌아서며 말을 끝맺었다.

"영접할 준비를 하라고."

장내의 모두가 뜨악한 표정을 짓는 가운데, 마령이 뜻 모를 미소를 지으며 대답했다.

 "알겠다. 그렇게 전하도록 하지."

※

 "대체 어쩌자고 그런 기밀을……!"

 제갈명은 마령과의 거리가 어느 정도 떨어지기 무섭게 설무백의 곁으로 바싹 붙으며 황당한 기색을 드러냈다.

 당연했다.

 낮에는 새가 들을까 밤에는 쥐가 들을까 전전긍긍하던 기밀을 이렇듯 대놓고 아무렇지도 않게 발설하면 대체 어쩌자는 것인가.

 그러나 설무백은 어디까지나 태연했다.

 "그 자식 머리 좀 아프라고."

 "예?"

 "너라면 그 말을 듣고 어떤 생각을 하겠냐?"

 "예?"

 "네가 악초군이면 말이야."

 "아, 뭐, 그게……."

 제갈명은 선뜻 대답하지 못하고 당혹스러워했다.

 정말이지 혼란스러운 기색이었다.

설무백은 웃었다.

"그래 그럴 거다. 지금의 너처럼 그 녀석도 생각이 많아질 거야. 믿어야 할지 말아야 할지, 그래서 어떻게 대응하는 게 좋을지 몰라서 말이야."

"……!"

제갈명은 이제야 무언가 감이 온다는 표정으로 중얼거렸다.

"그러니까, 허허실실(虛虛實實)이라는, 뭐 그런 거라는 겁니까?"

"난 그런 거 몰라."

설무백은 대수롭지 않게 말을 자르고는 재우쳐 물었다.

"그보다 병부시랑이라는 그 녀석은 어디에 있냐?"

제갈명이 여전히 생각이 복잡한 기색이면서도 대답은 했다.

"제이객청에 있을 겁니다. 검매에게 그쪽으로 모시라고 했거든요."

"검매에게?"

설무백이 반문하자, 제갈명이 씩 웃으며 대답했다.

"채찍 다음에는 당근이죠."

설무백은 고개를 갸웃했다.

"내가 채찍인 것은 알겠는데, 검매는 왜 당근인 거야?"

제갈명이 그것도 모르냐는 듯이 곱지 않은 시선으로 쳐다보며 대답했다.

"똑똑하니까 그렇죠. 막말로 얘기해서 우리 풍잔에 제자백가(諸子百家)는 고사하고 사서삼경(四書三經)이라도 제대로 공부한 사람이 몇이나 됩니까?"

거의 없었다.

검매 사문지현이 없는 와중에 있는 그 극소수의 인물 중 하나였다.

설무백은 이제야 이해했다.

"대화가 통하는 사람이다?"

제갈명이 자못 음충맞게 히죽 웃으며 대꾸했다.

"게다가 미색이 장난 아니고요. 흐흐……!"

설무백은 물끄러미 제갈명을 바라보며 물었다.

"맞고 싶냐?"

제갈명이 자못 도끼눈을 뜨고 대들었다.

"경국지색(傾國之色)이라는 말이 왜 있는 건데요? 미색을 이용하는 것은 병서에도 하급이 아닌 상급입니다! 윽!"

제갈명은 말을 끝내기 무섭게 머리를 감싸며 주저앉았다.

설무백이 한 대 갈긴 것이다.

"아니, 정말……!"

제갈명이 발끈하다가 굳어졌다.

대화를 나누는 사이에 그들은 벌써 제이객청의 앞마당 격인 정원에 도착해 있었는데, 검매 사문지현과 호부시랑 계석이 거기 나와 있었다.

"뭐가 상급이라는 거죠?"

서문지현이 고개를 갸웃하며 제갈명을 향해 물었다.

"하하……!"

제갈명이 어색하게 웃다가 이내 정색하며 대답했다.

"이번에 서안에서 들어온 일엽차(一葉茶) 얘기요. 정말 상급이더구려. 나중에 검매에게도 조금 보내 드리도록 하지요."

"……."

사문지현이 어째 어딘지 모르게 이상하다는 표정으로 제갈명을 바라보았다.

제갈명이 딴청을 부렸다.

설무백이 그사이 계석에게 다가섰다.

잔뜩 긴장한 표정이던 계석이 바로 두 손을 모아서 정중히 공수하며 말했다.

"손백 호위장의 일은 본인의 불찰이 크오. 그 점 진심으로 사과드리겠소."

설무백은 그저 피식 웃어넘기고는 소매 속에서 앞서 갈취한 칙서를 꺼내서 펼쳤다.

계석의 표정이 일그러졌다.

설무백은 상관하지 않고 칙서를 읽었다.

"몽고에서 아르게이의 사신이 도착했네. 패배를 자인하며 아우가 살아 있는 한 중원을 넘보는 일은 없을 거라는 아르게이의 서신을 들고 왔더군. 내막이야 알 도리가 없지만, 아우가 개입한 것으로 알고 묻겠네. 그리하면 되는가?"

"……!"

갈취당한 칙서를 보고 얼굴이 일그러졌던 계석이 두 눈을 휘둥그렇게 떴다.

칙서에 적힌 아우라는 말 때문이리라.

당금 황상이 공식적으로 설무백을 아우라 호칭하는 경우는 여태 없던 일인 것이다.

설무백은 그런 계석을 무심하게 일별하며 칙서의 내용을 마저 읽어 내려갔다.

"추신. 우형의 서한을 가져간 호부시랑 계석은 외곬으로 곧아 융통성이 없는 자일 뿐, 성품이 모나거나 부족한 사람은 아니니, 부디 예쁘게 봐서 많이 때리지는 말게나."

"⋯⋯!"

계석이 움찔했다.

설무백은 한 번의 동작으로 수중의 칙서를 접었다.

계석이 기겁하며 누가 때려 할 때 반사적으로 그렇게 하듯 두 손을 쳐들며 자라목이 되었다.

설무백은 그런 그에게 천천히 칙서를 넘기며 말했다.

"가서 황상께 전해라. 그리하면 된다고."

마령이 감숙성의 서부인 주천부의 외곽에 주둔한 마교총단에 도착한 것은 그로부터 사흘이 지나서였다.

기실 주천부는 하서회랑의 중심이자, 옥문관을 지나서 맞이하는 중원의 두 번째 관문인 가욕관(嘉峪關)을 등치고 자리한 까닭에 전란의 시기가 아닌 평시에도 어디를 가나 흔하게 병사들과 마주칠 수 있는 지역이었다.

그러나 마교총단이 주천부 외곽에 터를 잡고 진영을 꾸린 이후, 상황이 달라졌다.

마교총단이 주천부의 모든 관공서를 점거한 까닭에 가욕관 역시 옥문관과 마찬가지로 유명무실해진 까닭이었다. 아니, 정확히 말하면 옥문관과는 다른 고립이었다.

본디 가욕관은 하서회랑에서 가장 좁은 지역인 두 개의 언덕 사이의 땅인 가욕산(嘉峪山)의 북쪽에 자리했고, 거기 가욕산에 주둔한 군대인 가욕진(嘉峪鎭)의 관할이었다.

다만 가욕진의 진장인 평서장군(平西將軍) 서인부(徐仁部)는 마교의 발호로 옥문관이 무너지고, 몽고가 중원 침공에 나섰다는 소식을 들은 직후부터 성벽을 지키던 인근의 모든 병사들마저 닥닥 긁어모아서 가욕관으로 통하는 모든 통로를 막았다.

주천부는 내주더라도 가욕관만큼은 지키겠다는 의지였다.

그게 패착 아닌 패착이었다.

마교총단의 무리는 가욕관을 공격하지 않았다.

그저 주천부를 장악하고 외곽에 자리를 잡았을 뿐이었다.

그 바람에 그들은 마교총단의 무리와는 전혀 충돌하지 않은 대신에 완전히 고립되어 버린 것이다.

마령은 바로 그 가욕관이 저 멀리 보이는 언덕에서 악초군과 마주하고 있었다.

하늘이 석양으로 붉게 물든 가운데, 마교총단의 단주 홍인마수 혁련보를 비롯해서 소뢰음사의 주지인 삼안혈불 초등(超等)과 사왕전의 적미사왕, 천사교주 등 악초군의 측근들이 그리 멀리 떨어지지 않은 뒤쪽에서 지켜보는 자리였다.

장내의 분위기는 소리 없이 어수선했다.

믿을 수도 없고, 믿지 않을 수도 없는 마령의 보고를 모두가 다 들었기 때문이다.

"사실일까?"

악초군이 불쑥 물었다.

마령의 보고를 들은 지 족히 일 다향 이상이 지나서야 깨트린 침묵이었다.

마령은 못내 놀랐다.

적잖게 당황스럽기도 했다.

임무를 실패한 것에 대해서 매서운 질타를 각오했는데, 악초군에게서 전혀 그런 기미가 보이지 않는 것이다.

"내게 묻는 것이라면……."

"그보다……."

악초군이 그의 말을 자르며 다른 질문을 던졌다.

"네가 보기엔 어때? 어떤 인간인 것 같아?"

마령은 선뜻 대답하지 못했다.

그 역시 그에 대한 답을 얻지 못하고 있었다.

악초군이 고개를 돌려서 시선을 주며 다시 물었다.

"너도 모르겠냐?"

마령은 우선 고개를 끄덕이는 것으로 악초군의 말을 인정하고 나서 대답했다.

"다른 건 모르겠고, 그가 마교의 살명부에 오른 십천세보다 더 위험한 인물이라는 것은 확실하오."

악초군이 가만히 고개를 끄덕였다.

"나도 그렇게 생각해. 그렇게 건방질 만한 놈이었어. 어디서 그런 놈이 툭 불어져 나와서는……."

말꼬리를 흐린 그는 슬쩍 고개를 돌려서 뒤쪽의 혁련보를 바라보며 물었다.

"그자는 아직인가?"

혁련보가 어색한 미소를 흘리며 대답했다.

"아무래도 그자는 포기해야 할 것 같소."

"어째서?"

"칠공자가 한 발 빠르게 움직인 모양이오."

"칠사제가……?"

"대충 경로를 파악해 보니 칠공자 쪽으로 이어져 있더구려."

악초군이 혁련보의 주변을 둘러보며 물었다.

"반 무상이 이 자리에 없는 이유가 그 때문인 건가?"

반 무상, 바로 마교총단의 무상인 유명노조 반노노가 지금 자리에 없는 것이다.

혁련보가 대답했다.

"그자는 이미 잡아 두었소. 때아니게 새벽길을 나섭디다."

악초군이 이맛살을 찌푸리며 웃었다.

"하여간 영악하다니까, 칠사제."

혁련보가 말했다.

"대신 다른 자를 데려왔는데, 한번 만나 보시겠소?"

"다른 자……?"

"제법 쓸 만한 자요."

악초군이 더 묻지 않고 혁련보를 외면하며 대답했다.

"누군지 데려와 봐요."

그는 이내 깜박했다는 표정으로 한마디 덧붙였다.

"아, 반 무상도 같이."

혁련보가 고개를 끄덕이고는 한쪽에 시립해 있던 악인대의 수좌 일악에게 눈짓을 했다.

일악이 악인대의 서너 명을 데리고 서둘러 언덕을 내려갔다가 이내 다시 돌아왔다.

두 손을 결박당한 노인과 잔뜩 긴장한 표정인 흑의사내와 함께였다.

그들이 나타나자 약간의 소란이 일었다.

악인대와 마찬가지로 일대를 이루며 시립해 있던 삼십여 명의 흑의사내들이, 바로 흑룡이 선두에 나서 있는 흑사자들이 일으킨 웅성거림이었다.

두 손을 결박당한 노인, 마교총단의 무상 유명노조 반노노와 함께 나타난 흑의사내가 바로 흑사자들의 서열 이 위인 흑표였기 때문이다.

악초군이 슬쩍 흑사자들을 바라보았다.

흑사자들의 웅성거림이 슬며시 잦아들었다.

하지만 여전히 수선스러운 느낌이었다.

입은 다물었으나 다들 저마다의 눈빛을 교환하느라 여념이 없었다.

악초군이 흑사자들의 선두인 흑룡을 향해 물었다.

"왜 그래?"

"그게……."

혁련보가 흑룡의 대답을 가로채며 흑표를 소개했다.

"쟤들과 같이 쾌활림의 흑사자 소속이던 자요. 흑표라고, 듣자하니, 서열 이 위였다고 하더이다."

악초군이 시선을 돌려 혁련보를 바라보며 미간이 찌푸렸다.

고작 그거 가지고 쓸 만한 자라고 했던 거냐고 따지는 것 같은 눈빛이었다.

혁련보가 그에 아랑곳하지 않고 말을 덧붙였다.

"그간 칠공자 쪽에서 내주는 밥을 먹으며 살았던 모양이오."

"……!"

악초군의 눈빛이 사뭇 달라졌다.

불만의 감정이 관심으로 변한 눈빛이었다.

"그러니까, 내가 내준 밥을 먹던 사도진악은 칠제에게 가고, 칠제가 내주던 밥을 먹던 자가 내게 왔다는 거네?"

"우연찮게 그리된 것 같소."

악초군이 물었다.

"칠제를 배신한 이유는?"

예사롭지 않은 눈빛으로 흑표를 살펴보고 있으나, 질문은 혁련보에게 던지는 것이었다.

혁련보가 그게 뭐 그리 중요하냐는 듯 대수롭지 않게 대답했다.

"주는 밥이 마음에 들지 않았나 보지요."

악초군이 이맛살을 찌푸렸다.

"그럼 내가 주는 밥이 마음에 들지 않아도 배신한다는 소리잖아?"

혁련보가 부정하지 않았다.

"그럴 수도 있지요."

악초군이 피식 웃었다.

"그러니까 내가 하기 나름이다?"

혁련보가 역시나 부정하지 않으며 다른 얘기를 건넸다.

"우습지 않게도 이공자가 사도진악에게 내준 지옥수라마수공을 팔 성의 경지까지 터득했다고 하오."

혁련보의 대답을 들은 악초군의 표정이 묘하게 일그러졌다.

"내가 내준 지옥수라마수공을 팔 성이나? 그게 가능한가?"

혁련보가 대답했다.

"당연히 불가능하오. 이공자가 사도진악에게 내준 지옥수라마수공은 요결을 바꾼 금단의 무공이라 팔 성에 이르면 주화입마에 빠져서 죽어야 하니까 말이오."

"이자가 그걸 팔 성까지 익혔다며?"

"제대로 된 지옥수라마수공을 익힌 거지요."

"잉?"

악초군이 오만상을 찡그렸다.

혁련보가 바로 부연해 주었다.

"사도진악이 이미 오래전부터 칠공자와 내통하고 있었다는 뜻이 아니겠소. 어쩌면 칠공자가 그걸 빌미로 사도진악을 유혹했을 수도 있지만 말이오."

악초군이 이제야 사태의 전모를 이해한 듯 고개를 끄덕이며 말을 받았다.

"그러니까 칠제가 내게 받은 지옥수라마수공에 금단의 변형이 가해졌다는 사실을 알려 주고 진짜 요결을 내주며 사도진악을 포섭했다?"

혁련보가 고개를 끄덕이며 대답했다.

"지옥수라마수공을 팔 성까지 익히고도 주화입마에 빠지지 않았다면 그것 말고는 달리 설명할 것이 없지 않겠소."

"아니, 아냐."

악초군이 고개를 저으며 중얼거렸다.

"그것만으로는 부족해. 사도진악 그 늙은 여우가 직전도 아닌 제자에게 진짜를 전수했다? 말이 안 돼. 그럴 이유가 전혀 없어."

그는 이내 빙그레 웃는 낯으로 흑표를 바라보며 재우쳐 물었다.

"말해 봐. 지옥수라마수공을 어떻게 배웠지?"

흑표가 못내 얼굴을 붉히며 대답했다.

"그, 그게…… 몰래 훔쳐 배웠습니다."

"킥킥……!"

악초군이 비틀린 웃음을 흘리다가 이내 그치며 다시 물었다.

"그렇다면 너는 그때 이미 사도진악을 배신하고 있었던 거구나. 그렇지?"

흑표가 지그시 입술을 깨물며 대답했다.

"배신이 아니라 그저 정당한 제 밥그릇을 찾았을 뿐입니다. 사부는, 그러니까, 사도진악은 무언가를 먼저 내주는 사람이 절대 아니었으니까요."

"그 늙은 여우가 그렇긴 하지."

악초군이 새삼 킥킥대며 웃으며 흑표를 바라보았다.

"이놈 아주 승냥이 같은 놈일세. 아니, 완전히 쓰레기야, 쓰레기. 킥킥……!"

흑표가 잔뜩 긴장했다.

웃음 같지 않은 웃음을 흘리며 욕하는 악초군의 태도가 사뭇 냉혹하게 느껴지는 까닭이리라.

그때 악초군이 기꺼운 표정으로 변해서 다시 말했다.

"좋아. 아주 마음에 들어."

흑표의 표정이 그제야 조금 밝아졌다.

악초군이 그런 흑표를 바라보며 불쑥 물었다.

"내게 충성을 맹세하겠냐?"

흑표가 자세를 바로하며 기꺼운 표정으로 대답했다.

"예, 충성을 맹세합니다!"

"그 말에 목숨을 걸 수 있나?"

"예, 목숨을 걸겠습니다!"

악초군이 잠시 심드렁한 눈빛으로 흑표를 바라보다가 이내 고개를 저었다.

"에이, 그러지 못할 것 같은데?"

"아닙니다!"

흑표가 그대로 털썩 무릎을 꿇으며 피가 튀도록 바닥에 이마를 박았다.

"믿어 주십시오! 원하신다면 당장 이 자리에서 증명해 보이겠습니다!"

악초군이 다시금 잠시 뜸을 들이다가 문득 흑표를 향해서 손가락을 까딱였다.

"이리 가까이 와 봐."

흑표가 고개를 들고 못내 주변의 눈치를 보며 악초군을 향해 조심스럽게 기어갔다.

악초군이 한순간 전광석화처럼 칼을 뽑아서 다가서는 그의 목을 겨누었다.

"……!"

흑표가 기겁하며 멈추었다.

악초군이 히죽 웃고는 칼을 옆으로 돌려서 서슬을 잡고 흑표에게 손잡이를 내밀었다.

"첫 번째 명령을 내리겠다. 내가 죽이라면 가차 없이 목을 쳐라. 할 수 있겠지?"

악초군의 시선은 이미 흑표가 아니라 그 옆에 무릎 꿇려진 반노노에게 고정되어 있었다.

흑표가 눈치 빠르게 알아듣고 일어나서 칼을 잡으며 깊이 고개를 숙였다.

"옙!"

악초군이 그제야 반노노의 면전에 쪼그리고 앉으며 말했다.

"실망이야, 반 무상. 우리가 그래도 옛정이라는 게 있는데, 그리 배신을 하면 쓰나. 내가 너무 속이 쓰리잖아."

"……."

"구질구질하게 다른 얘기는 하지 않겠어. 딱 하나만 물을게. 지금이라도 내 편에 설 수 있을까?"

반노노의 눈빛이 흔들렸다.

실로 수많은 생각이 얽히고설키는 눈빛이었다.

악초군이 그런 그를 진심 어린 눈빛으로 바라보며 한마디 더 했다.

"그래만 준다면 내가 정말 맹세코 반 무상의 지난 과오는 깨끗하게 다 잊도록 하겠어."

반노노가 지그시 입술을 깨물었다.

그는 힘겹게 고개를 숙이며 대답했다.

"이공자님의 너그러움이 실로 각골난망(刻骨難忘)이라 몸 둘 바를 모르겠습니다! 기회를 주신다면 정말이지 결초보은(結草報恩)의 마음으로 고굉지신(股肱之臣)을 다하겠습니다, 이공자님!"

"그래, 그래야지."

악초군이 정말이지 기분 좋은 표정으로 대답하며 일어났다. 그리고 흑표를 향해 명령했다.

"죽여!"

흑표는 망설일 이유가 없었다.

가차 없이 휘둘러진 그의 칼날에 반노노의 목이 베어지고 머리가 떨어져서 바닥을 굴렀다.

악초군이 슬퍼진 눈빛으로 그 모습을 바라보며 아쉬워했다.

"절대 그럴 수 없다는 기개를 보였으면 조금 더 재미가 있었을 텐데, 아쉽네. 쩝쩝……!"

그러나 그것도 잠시, 그는 다시금 흥미로 가득한 눈빛으로 변해서 혁련보 등을 돌아보며 말했다.

"자, 그럼 이제 앞으로의 일이나 한번 의논해 볼까요? 생사교와 귀선교 등, 대가리를 잃은 교도들을 흡수하려면 제법 서둘러야 하지 않겠어요?"

드러나지 않는 것들 (3)

설무백은 마령을 돌려보낸 이후부터 사흘 내내 거처에 있는 연공실을 벗어나지 않고 운기행공에 몰두했다.

마령의 방문이 그에게 새로운 경각심을 주었기 때문이다.

마령의 무위는 실로 상당했다.

정확히 말하면 그의 예상을 뛰어넘는 경지였다.

요미를 상대로 그렇게나 막상막하의 격전을 벌일 수 있는 고수는 작금의 풍잔에도 거의 없었다.

그나마 요미도 상성이 좋아서 밀리지 않고 싸울 수 있었다는 것이 그의 판단이었다.

전진도문의 장기는 누가 뭐래도 실체를 가늠하기 어려운 환술과 방술인데, 마령은 그것을 시전하지 않았다.

아마도 자신과 같은 전진도문의 맥을 잇고 있는 요미에게는 자신의 환술과 방술을 파헤칠 수 있는 눈이 있다고 생각했기 때문일 것이다.

그래서 심각했다.

요미가 아닌 다른 사람들은 마령의 환술이나 방술을 상대하기가 실로 까다로웠을 터였다.

어쩌면 그가 자신하던 나머지 네 명의 고수들도 무력하게 패배했을지 몰랐다.

작금의 요미는 풍잔에서 그다음의 고수라고 해도 결코 과언이 아니기 때문이다.

하물며 무림맹의 고수들은 어떨 것인가?

모르긴 해도, 승리를 장담할 수 있는 인물이 드물었다.

내로라하는 몇몇 존장들과 명숙들을 제외하면 거의 다가 무력하게 패배할 수밖에 없다는 것이 그의 시각이었다.

그런 고수인 마령을 일개 자객으로 활용하는 세력이 바로 작금의 마교였다.

예하의 세력을 적잖게 잃었음에도 불구하고 마교의 저력은 아직도 여전히 건재하다는 결론이었다.

아니, 건재한 정도가 아니었다.

마교의 세력은 적잖게 손해를 봤을지 몰라도 마교총단은, 즉 악초군의 세력은 이번 사태로 인해 오히려 더 강해질 터였다.

주인을 잃은 자들이 돌아갈 곳은 마교총단밖에 없지 않은가.

곤란했다.

마교라는 틀에 묶인 같은 세력이라도 저마다 딴생각을 품고 있을 때는 그래도 나았다.

그러나 저들이 위기의식을 느끼고 하나로 뭉친다면 실로 상대하기가 쉽지 않을 것이다.

결단을 내려야 했다.

무언가 다른 방도를 모색하지 않는다면 예정된 거사, 결전의 시기를 늦출 수밖에 없었다.

'악초군과 야율적봉이 화해하는 일은 절대 없어야 할 텐데……!'

설무백은 다른 무엇보다도 그게 걱정이었고, 그 바람에 전에 없이 생각이 많아졌다.

제갈명이 이례적으로 설무백의 연공실을 방문한 것은 그날 밤이었다.

마령을 돌려보낸 지 사흘이 지난 시점, 상념의 바다에 빠져서 결국 운기행공을 포기하고 깨어났을 때였다.

"운기행공 중이시다."

"깨워요, 그럼. 더는 기다릴 수 없는 일이니까."

"무슨 일인데?"

"내가 공야 호법에게 그런 것까지 보고할 의무는 없죠. 내가 이래 봬도 명색이 군사잖아요."

"나 역시 네가 기다릴 수 없는 일을 가지고 주군을 깨울 의무는 없다. 명색이 나도 주군을 지키는 호위니까."

"나 원 참! 그게 아니라, 그러니까 내가 더 기다릴 수 없는 일이라고 하는 건 내 일이 아니라 주군의 일이라서 그런 거라고요!"

"주군의 일은 네가 결정할 일이 아니다. 주군의 일은 주군이 결정하신다."

"아, 정말 답답하시네! 주군이 신입니까? 주군도 모르고 혹은 깜박해서 잊을 수도 있는 거잖아요!"

"주군은 그런 적 없다."

"와, 정말 무슨 이런 벽창호가 다 있지?"

"죽고 싶냐? 내가 벽창호라는 말도 모를 것 같아?"

"아니, 그게 아니라……!"

설무백은 언성이 높아지는 공야무륵과 제갈명의 실랑이로 인해 깊이 빠져 있던 상념의 늪에서 벗어났다.

운기행공에 든 이후에도 주변의 변화를 능동적으로 감지할 수 있는 그였다.

따라서 지난 사흘 동안 제갈명이 대여섯 번이나 왔다가 돌아갔다는 사실을 알고 있는 그는 더 이상 내칠 수 없어서 지그시 감고 있던 눈을 뜨며 자리를 털고 일어나서 연공실을 나섰다.

그가 연공실을 벗어나서 침실로 올라서자, 연공실의 문가에서 실랑이하고 있던 공야무륵과 제갈명이 놀란 듯 혹은 당황한 듯 그대로 굳어져서 바라보았다.

설무백은 태연하게 그들 사이를 지나서 대청으로 나섰다.

"소란을 피워서 죄송합니다."

"저기, 그게 확인할 것이 있어서……!"

공야무륵과 제갈명이 이내 정신을 차리고 사과하며 후다닥 그의 뒤를 따라붙었다.

대청에는 또 다른 사람들이 기다리고 있었다.

장승처럼 벽에 기대고 선 철면신과 우람한 장신의 여자, 고고매였다.

철면신이 움직이는 그림자처럼 말없이 설무백의 곁으로 다가와 서는 가운데, 고고매가 마치 자기 집처럼 빗자루를 들고 청소를 하고 있다가 설무백을 보고는 넙죽 고개를 숙였다.

"기침하셨습니까."

설무백은 본의 아니게 써진 입맛을 다시면서도 고개를 끄덕이는 것으로 답례하고는 묵묵히 창가에 놓인 다탁의 의자를 빼서 앉으며 말했다.

"너는 또 언제 왔어?"

공야무륵과 제갈명, 고고매가 어리둥절해하다가 이내 깨달았다.

요미를 두고 하는 말이었다.

그녀가 의자에 앉은 설무백의 그림자 속에서 웃는 얼굴을 내밀며 유령처럼 스르르 모습을 드러내고 있었다.

설무백이 눈총을 주었다.

"오랜만에 할머니하고 시간 좀 보내라고 했더니만, 그새를 못 참고…… 쯔쯔……!"

"헤헤, 심심해서."

요미가 재우쳐 변명했다.

"그리고 할머니도 바빠. 제자들에게 신경 쓰느라 나랑은 놀아 주지도 않아."

설무백은 처음 듣는 얘기였다.

"파파께서 제자를 들이셨어?"

요미가 대답했다.

"오빠도 몰랐어? 나도 이번에 알았는데. 사문지현 언니와 언비연 언니를 제자로 들였더라고. 그래서 요즘 아주 정신없이 바빠. 독문신공이 사장되지 않게 되어서 아주 신나셨어."

설무백은 고개를 갸웃했다.

"파파의 독문신공인 혈옥수는 이미 네가 익혔잖아?"

사실이었다.

담태파야의 본색인 강호칠대악인의 하나, 구유차녀 담요의 독문절기는 바로 천하십대권법의 하나이자, 천하십대강기의 하나로 꼽히는 혈옥수였다. 그리고 그 혈옥수는 이미 요미가 익히고 있었다.

"에이……!"

요미가 몰라서 그러냐는 듯한 표정으로 설무백을 바라보며 자못 거만하게 대꾸했다.

"나야 심심풀이로 익힌 거지. 전진의 일맥인 내가 할머니의 진전까지 물려받아서 후대까지 책임질 수는 없는 일이잖아. 게다가 나는 혈옥수의 내공심법을 통해 진기만을 습득했을 뿐, 권각술의 절초는 전수받지 않았어."

설무백은 절로 픽 웃었다.

천하에서 손꼽히는 절대신공이자, 권법인 혈옥수를 마치 어디 뒷골목에서 떠도는 삼류 무공처럼 말하는 요미의 태도가 우습기도 하고 귀엽기도 했다.

"아참!"

요미가 그에 아랑곳하지 않고 갑자기 생각났다는 듯 말했다.

"그보다 무일에게나 한번 가 봐. 걔 요즘 팔 하나가 작대기처럼 굳어서 절절매고 있어."

"팔이 왜 갑자기 작대기처럼 굳어?"

"잘은 모르겠는데, 걔가 익힌 모산파의 고루마공 때문인 것 같아. 고루마공 그거 완전한 무공이 아니라면서?"

"아……!"

설무백은 놀라는 것 같기도 하고, 감탄하는 것 같기도 한 묘한 반응을 보였다.

실제로 그의 감정이 그랬다.

무일은 모산파의 파문 제자인 활강시 손부의 손자이며, 손부가 모산파의 강시공을 모태로 창안한 고루마공을 익혔다.

다만 고루마공은 완전한 무공이 아니라 일정 부분의 성취를 이루면 부작용이 드러나게 되는데, 일전에 설무백이 전해 듣기로는 팔 성의 경지를 넘어서야 한다고 했다.

무일은 그런 내막을 고하며 하늘이 두 쪽으로 갈라지는 일이 벌어져도 자신이 부작용을 겪을 일은 없다고 자신했었다.

자신의 능력으로는 평생 가도 고루마공을 팔 성의 경지까지 익힐 수가 없다는 것이 그의 장담이었던 것이다.

그런데 무일이 모산파의 전설인 고루마공을 팔 성의 경지까지 익힌 것이다.

실로 놀랍고도 감탄스러운 일이었다.

"그래, 어서 가 보자."

설무백은 바로 자리를 털고 일어났다.

그러다가 어째 무언가 빠트린 물건이 있는 것처럼 허전한 기분이 들어서 잠시 멈칫하고는 이내 생각나서 제갈명을 돌아보았다.

"넌 왜 왔다고?"

제갈명이 선뜻 대답하지 못한 채 잠시 눈만 끔뻑거렸다.

그도 요미의 말에 빠져서 자신의 용무를 깜박 잊고 있었던 것이다.

이내 퍼뜩 정신을 차린 그가 말했다.

"다름 아니라, 주군의 아버님이신 설 장군님에 대한 얘기입니다."

"어떤 얘기?"

"에, 그게……."

제갈명이 새삼 뜸을 들이다가 말했다.

답변이 아니라 뜬금없는 질문이었다.

"주군께서는 순천부의 어른을 어느 정도 신임하십니까?"

순천부의 어른이란 바로 당금 황상을 뜻했다.

당금 황상을 직접 거명하기 부담스러우니 둘러말하고 있었다.

설무백은 대번에 제갈명이 하려는 말을, 아니, 하고 싶은 말을 짐작하며 픽 웃었다.

"쓸데없이 말 돌리지 말고 그냥 말해."

제갈명이 그제야 진중한 태도, 무거운 목소리로 속내를 꺼냈다.

"토사구팽(兎死狗烹)이라는 말이 있지요. 토끼가 죽으면 토끼를 잡던 사냥개도 필요 없게 되어 주인이 삶아 먹는다는 뜻입니다. 대계의 사람이 다 그렇거든요. 필요할 때는 쓰고 필요 없을 때는 버리지요. 그래서 묻는 겁니다. 저는 순천부의 어른이 얼마나 믿을 수 있는 사람인지 모르니까요."

설무백은 웃는 낯으로 대답했다.

"나는 작금의 세상을 살고 있는 그 누구보다도 그 어른을 믿어. 그래서 사사무를 비롯한 이매당이 아직 돌아오지 않고 있는 거야."

"예?"

제갈명은 어리둥절해했다.

도무지 무슨 말인지 이해하지 못한 것이다.

설무백은 그냥 넘어가지 않고 설명해 주었다.

"그분은 하늘이 두 쪽 나도 내 아버님을 건드리지 않아. 그게 나에 대한 도리라고 생각하는 분이니까. 하지만 그분은 또한 신하들의 진심 어린 충언도 외면하고 저버릴 분이 아니야. 그게 또한 신하에 대한 당신의 도리라고 생각하는 분이니까. 그래서 사사무를 비롯한 이매당이 아직 돌아오지 않고 있는 거야."

"아……!"

제갈명의 머리는 과연 명석했다.

다른 사람들은 여전히 설무백의 말을 이해하지 못하는 표정이었으나, 그만은 바로 이해하며 고개를 끄덕이고 있었다.

"알겠습니다. 근데, 제가 나설 일은 없을까요?"

"없어."

설무백은 잘라 말했다.

"내가 벌써 소담스럽지만 그윽하고 멋진 풍경이 자리한 소축을 찾아 두었으니까."

"예, 알겠습니다."

제갈명이 더는 군말 없이 고개를 숙이며 물러났다.

설무백은 그제야 발길을 재촉해서 대청을 빠져나갔다.

요미가 그 자리에서 물거품처럼 꺼지며 사라지고, 마치 설무백의 그림자처럼 내내 꼼짝도 하지 않고 서 있던 철면신이 그제야 움직여서 그 뒤를 따라갔다.

제갈명이 그 뒤를 따라나서다가 본의 아니게 멈추었다.

공야무륵이 그대로 서서 그의 소매를 낚아챈 것이다.

"왜요?"

"설명해 봐. 뭐라고 하신 거야?"

공야무륵은 도통 설무백의 말을 이해할 수가 없어서 제갈명을 붙잡았던 것이다.

제갈명은 이런 부탁을 마다할 사람이 절대 아니었다.

잘난 척 할 수 있는 기회라면 섶을 지고 불구덩이라도 뛰어들 사람이 그였다.

"잘 들으세요. 요컨대 이겁니다. 순천부의 어른은, 아, 순천부의 어른이 누군지는 알지요?"

"그건 아니까 계속 얘기해."

"그 어른은 주군과의 의리를 저버릴 사람이 아니지만, 또한 신하들의 충언을 외면하거나 무시할 사람도 아니라는 거지요. 즉, 신하들이 설 장군님을 두고 토사구팽을 주장하면 거북하고 싫어도 능히 받아들일 수 있는 사람이라는 겁니다."

공야무륵이 이제야 알아듣고는 분노한 듯 열기가 오른 얼굴로 더운 콧김을 불어 냈다.

"아주 나쁜 놈이군! 이 핑계 저 핑계로 자기 실속을 챙기는 아주 후안무치한 놈이야!"

"이런, 큰일 날 소리를……!"

제갈명이 화들짝 놀라며 누가 듣기라도 하면 어쩌나 싶은지 주변을 둘러보았다. 그러다가 이내 이곳이 풍잔이고, 설무백의 거처라는 사실을 인지한 듯 한숨을 내쉬며 가슴을 쓸어내렸다.

"그러지 마세요. 명색이 주군의 의형이고, 황도의 주인이신 분입니다. 괜히 그러다가 죽습니다, 죽어. 그리고 전에 내가 주군께 해 드린 말 기억 안 납니까? 후안무치는 제왕의 제일가는 덕목입니다. 나쁜 게 아니라 옳은 거라고요!"

공야무륵이 별 시답지 않은 소리를 다 듣겠다는 듯이 코웃음을 치며 대꾸했다.

"개소리! 난 그런 거 몰라! 내가 아는 건 황도의 주인이고 뭐고 간에 주군을 건드리면 나를 죽이기 전에 먼저 죽는다는 거다! 내 손에!"

"아, 정말 같이 앉아서 무슨 말을 못하겠네!"

제갈명이 새삼 기겁하며 주변을 둘러보고는 서둘러 밖으로 나섰다.

그러다가 문득 발걸음을 멈추며 공야무륵을 돌아보았다.

아직 잘난 척할 것이 하나 더 남았다는 사실을 깨달은 것이다.

공야무륵이 냉소를 날리며 그런 그의 기분을 깔아뭉개 버렸다.

"사사무를 비롯한 이매당이 아직 돌아오지 않은 이유는 이제

나도 안다. 은퇴, 아니, 은거를 결정하신 설 장군님과 식솔들을 새로운 보금자리로 안내하는 것이겠지."

제갈명이 잘난 척할 수 있는 기회를 제공하지 않은 공야무륵의 예상은 옳았다.

사사무를 비롯한 이매당의 요원들이 풍잔으로 돌아오지 않은 이유는 설인보 장군의 은거를 위한 조치였다.

다만 그 일이 그리 순조롭지만은 않았다.

설인보의 성정은 설무백의 생각하는 것보다 훨씬 더 고지식했기 때문이다.

"토사구팽이라…… 그게 우리 무백이 입에서 나온 얘기라는 건가?"

하북성의 북부를 가로지르는 장성을 육백여 리 앞둔 평야지대였다.

군영의 저녁 식사가 끝난 틈을 이용해서 찾아온 귀매 사사무에게 모든 얘기를 전해 들은 설인보는 한참이나 뜸을 들이다가 되묻고 있었다.

매우 부정적인 기색과 감정이 묻어나는 확인이었다.

사사무는 어째 얘기가 쉽게 풀리지 않을 것 같은 예감에 사로잡히며 대답했다.

"예, 그렇습니다. 주군께서는 고심 끝에 이것이 최선의 방책이라고 결론을 내리셨습니다."

"음."

설인보는 침음을 흘리며 다시금 한참 동안 뜸을 들이다가 슬쩍 곁에 앉아 있는 표기장군 위광을 향해 물었다.

"형님의 생각은 어떻소?"

저녁 식사가 끝난 시간임에도 성장 차림을 거두지 않고 있는 위광이 가만히 고개를 끄덕이며 대답했다.

"나는 아무래도 조카님의 생각에 더 무게가 실리네그려."

"그런가요?"

"그 어른 성정이야 나보다 자네가 더 잘 알고 있지 않나. 태생적으로 강한 성정의 패군(覇君)이시라 필요하다면 신하들의 주청도 능히 이용하실 분이시네."

"하지만……."

설인보가 말문을 열었다가 이내 다시 닫았다.

위광이 웃는 낯으로 말했다.

"아우의 마음은 익히 짐작하네. 다른 분을 등지고 새로 맞이한 분을 버린다는 기분이 들어서 실로 착잡하겠지. 하나, 내가 보기에도 조카님의 생각처럼 다른 방도가 없을 듯하이."

전 황제를 등지고 작금의 황상을 따른 설인보의 입장을 에둘러 말하는 것이다.

위광은 이내 웃음기를 지우며 씁쓸한 표정이 되어서 말을 더했다.

"멀리 갈 것도 없이 태조의 경우만 보더라도 쉽게 알 수 있는 일이 아닌가. 황권을 강화한다는 명분 아래 얼마나 많은 공신과 대소신료들이 숙청당했는가. 작금의 황상도 별반 다르지 않을 걸세. 황상의 자리에 앉기 무섭게 몽고가 발호하는 바람에 황권을 강화할 시간적 여유가 없었네. 몽고가 물러난 지금이 적기 아니겠나."

그는 긴 한숨을 내쉬며 말을 끝맺었다.

"위국공이 계시나, 너무 연로하시어 황상의 결정은 고사하고 신하들의 주청도 막을 수 없을 걸세. 부디 못이기는 척, 조카님의 의견을 따르겠나."

설인보가 문득 힘주어 말했다.

"제가 가면 형님도 가셔야 합니다. 형님 혼자서 감당하시게 할 수는 없습니다."

"그건 안 될 말일세!"

위광이 단호하게 거절했다.

"아직 어떤 식으로든 결정하고 움직이신 게 아니니, 명분을 위해서라도 누군가는 남아서 지켜봐야 하네!"

설인보도 단호했다.

"그럼 저도 같이 남습니다!"

"허허, 이 사람……!"

위광이 난감해서 어쩔 줄 모르는 참인데, 사사무가 그들의 대화에 끼어들었다.

"위 장군님도 가셔야 합니다."

"......?"

위광과 설인보가 어리둥절해하며 사사무를 쳐다보았다.

사사무가 그 시선에 반응해서 말을 덧붙였다.

"주군의 뜻입니다."

위광이 고개를 저었다.

"실로 조카님의 뜻은 고마우나 그건 안 될 말이네. 앞서 말했다시피 그분은 아직⋯⋯."

"이미 움직였습니다."

사사무가 짧게 말을 자르고는 막사의 입구로 시선을 돌렸다.

전음을 펼친 것 같았다.

그 순간 막사의 입구가 벌어지며 세 사람이 안으로 들어섰다.

밧줄에 묶인 사내 하나와 그 사내를 밀치고 들어서는 두 사내였다.

순간, 설인보와 위광의 안색이 무겁게 굳어졌다.

세 사람 다 낯설기는 마찬가지였으나, 밧줄에 묶인 채로 들어오는 사내의 복색이 그들을 경직시킨 것이었다.

금실이 섞인 검붉은 비단옷, 바로 동창의 복색이었다.

"병영 주변을 돌며 틈틈이 두 분을 감시하고 있던 자입니다. 보시다시피 동창이고요."

사사무의 설명이 끝나기 무섭게 한쪽에 시립해 있던 왕인과 구복이 털썩 무릎을 꿇으며 머리를 조아렸다.

"죄송합니다, 장군님!"

감시자가 있었음에도 간파하지 못한 자신들의 불찰에 용서를 구하는 것이다.

설인보가 무심하게 그들을 외면하며 냉정하게 가라앉은 기색으로 나섰다.

"내가 몇 가지 물어봐도 되겠나?"

사사무가 어색한 표정을 지으며 대답했다.

"입을 열지 않습니다. 입안에 물고 있던 독단은 제거했으나, 혀를 깨물 것 같아서 아혈을 제압해 두었습니다."

설인보가 가만히 고개를 끄덕이고는 동창의 사내를 매섭게 직시하며 말했다.

"나를 감지할 정도면 내가 어떤 사람인지 잘 알 것이다! 해서 말하는데, 죽고 싶으면 죽어라! 하지만 네가 죽고 나면 나는 이대로 군대를 끌고 황궁으로 진격해서 대체 동창이 무슨 연유로 나와 위 장군님을 감시하고 있었는지 직접 창공에게 따질 것이며, 황제 폐하를 배알해서 고할 것이다!"

동창 사내의 눈빛이 파르르 떨렸다.

설인보가 그게 아랑곳하지 않고 시선을 돌려서 사사무를 바라보았다.

사사무가 가볍게 고개를 끄덕이는 것으로 그의 눈빛에 수긍하고는 동창의 사내 뒤에 서 있는 두 사내, 이매당의 요원인 천살과 지살을 향해 눈짓했다.

천살이 즉시 나서서 새의 부리처럼 구부린 손끝으로 동창 사내의 목과 턱을 두드렸다.

아혈을 푼 것인데, 그다음에 거친 발길질로 동창 사내의 오금을 걷어찼다.

"윽!"

동창 사내가 신음을 삼키며 절로 무릎을 꿇었다.

사사무가 그제야 설인보를 향해 고개를 숙이며 말했다.

"말씀하시죠."

설인보가 불안하게 흔들리는 동창 사내의 두 눈을 싸늘하게 직시하며 물었다.

"직급과 이름은?"

동창 사내가 대답하지 않고 설인보의 시선을 피했다.

왕인이 불같이 나서며 그런 사내의 가슴을 걷어차고, 그 서슬에 나자빠진 사내의 목을 발로 짓밟으며 씹어뱉듯 말했다.

"내가 누군지 알지? 앞으로 장군님의 입에서 같은 질문이 한 번이라도 더 나오면 너는 내 손에 죽는다! 또한 네가 누군지, 어느 집 자식인지 기필코 찾아내서 네 집안의 모든 족속들의 목숨은 물론, 석가래 하나, 기왓장 하나 남기지 않고 깡그리 불태워 버릴 테다! 내가 누군지 안다면 내가 얼마든지 그럴 수 있는 종자라는 것도 모르지 않을 테니, 부디 저승에서라도 후회할 짓은 하지 말길 바란다!"

군영에서 왕인의 별명은 왕장비(王張飛)이다.

본래의 성인 왕 씨 뒤에 삼국시대 촉한의 대장인 장비의 이름을 붙인 것인데, 우람한 덩치와 고슴도치 수염이 딱 장비를 닮기도 했지만, 그에 앞서 장비가 도원결의의 대형인 유비를 위해서라면 언제 어디서든 목숨을 걸었던 것처럼 왕인 또한 설인보를 위해서라면 언제 어디서든 목숨을 거는 사람이었기 때문이다.

동창 사내도 그것을 익히 잘 아는 것 같았다.

두려움이 찾아든 눈빛과 절로 파르르 일어나는 눈가의 경련이 그것을 말해 주고 있었다.

아니나 다를까, 바로 그의 입이 열렸다.

"자, 장반 이룡(李龍)이오."

장반이라면 영반과 사방이라는 지위를 가진 무관들과 함께 제독동창의 직속인, 즉 제독동창의 명령만을 수행하는 일종의 별동대였다.

왕인이 조용히 뒤로 물러났다.

설인보가 싸늘해진 눈빛으로 다시 나섰다.

다른 때 같았으면 왕인의 거친 행동을 말렸을 그이지만, 지금의 그는 달랐다.

자신이 지금 어떤 심경인지 말해 주듯 냉정하게 기다리고 있다가 나서는 것이다.

"나와 위 장군을 감시한 이유는?"

동창의 장반 이룡이 눈치를 보며 대답했다.

"그, 그건 본인이 알 수 있는 일이 아니오. 본인은 그저 두 장군의 일거수일투족을 감시하고 보고하라는 명령을 받았을 뿐이오."

"누구냐, 그 명령을 내린 사람이?"

"잘 아시지 않소, 우리는 창공의 명령만 수행하오."

"음."

설인보가 침음을 흘렸다.

이번 사건만 가지고는 아무런 증거가 되지 않는다는 사실을 인지한 것이다.

창공의 독단일 수도 있지 않은가.

이내 고개를 돌려서 사사무를 바라보는 그의 눈빛이 그렇게 말하고 있었다.

사사무가 그런 그의 시선에 반응해서 그건 아니라고 말했다.

"다른 놈이 하나 더 있었습니다."

"……!"

"그놈은 저놈을 감시하고 있었는데, 저놈보다는 입이 싸서 아주 주절주절 말을 잘하더군요."

그는 말을 끝낸 후에 무언가 부족하다고 생각했던지 어색한 미소를 흘리며 한마디 덧붙였다.

"물론 약간 손을 봐주긴 했습니다만."

설인보가 복잡한 감정에 휩싸인 눈빛으로 사사무를 주시하며 물었다.

"그자는 지금 어디에 있나?"

사사무가 무색해진 표정으로 대답했다.

"죽었습니다. 제가 죽인 것이 아니라 자결했습니다. 뒤늦게 자신이 너무 많은 것을 토설했다고 생각했는지 독단을 깨물더군요. 그 때문에 저자의 입에도 독단이 있음을 알고 빼낼 수 있었던 겁니다."

설인보가 안색을 굳히며 물었다.

"그자에게서 알아낸 것이 뭔지 말해 보게."

사사무가 대답했다.

"직급은 저자와 같은 동창의 장반, 이름은 약진(若震)이었습니다. 그리고 자기는 창공의 명령만을 수행한다는 얘기 또한 저자 같았습니다만, 말미에 한마디 덧붙이더군요. 창공을 움직일 수 있는 건 천하에 오직 한 사람밖에 없지 않냐고 말입니다."

"음."

설인보가 다시금 침음을 흘렸다.

앞서와 너무도 느낌이 다른 침음이었다.

앞서의 침음이 당황과 번민이라면 이번의 침음은 아픔과 고통이었다.

실로 침통해하는 것이다.

그러면서도 그는 거듭 부정했다.

"그건 고작 추론에 불과하네. 증거가 될 수 없다는 얘길세."

사사무가 냉정하게 반박했다.

"사실에 입각한 추론이라는 것도 있지요. 그에 더해서 제가 말로는 약간이라고 했지만, 그 약간을 견딜 수 있는 사람은 세상에 거의 없다고 자부할 수 있습니다."

그는 복잡한 감정으로 흔들리는 설인보의 눈빛을 직시하며 힘주어 다시 말했다.

"지금 이 자리에서 시험해 보셔도 좋습니다."

설인보의 눈빛이 허탈함에 잠겼다.

결국 그도 어쩔 수 없이 내심 인정하는 것이다.

위광이 그 순간에 나서며 사사무를 향해 물었다.

"우리가 어떻게 하면 되는 건가?"

사사무는 대답 대신 설인보를 바라보았다.

그의 시선을 의식한 설인보가 힘없이 고개를 끄덕였다.

마침내 수긍이었다.

사사무는 실로 기꺼운 표정으로 변해서 나섰다.

아무런 사전 동작도 없이 나선 그의 신형이 바람처럼 이동해서 무릎 꿇고 있는 동창의 장반 이룡의 면전에 섰고, 그 순간 섬광이 명멸했다.

언제 뽑아서 손에 들었는지 모를 그의 검이 이룡의 목을 지나며 그린 섬광이었다.

칵─!

섬뜩한 소음과 함께 이룡의 머리가 옆으로 기울어져서 바닥에 떨어졌다.

머리를 잃은 이룡의 몸이 썩은 고목처럼 앞으로 쓰러지며 뒤늦게 핏물을 쏟아 냈다.

비명조차 지를 사이도 없는 죽음이었다.

사사무가 수중의 검을 무심하게 검갑에 갈무리하며 못내 당황한 기색인 설인보와 위광을 향해 고개를 숙였다.

"이게 가시면 됩니다. 나머지는 주군께서 다 알아서 처리하겠다고 하셨습니다."

꽃

설무백은 그때 자원각(資源閣)으로 들어서고 있었다.

자원각은 풍잔의 영내에서 가장 후미진 구석에 해당하는 동북쪽의 작은 전각으로, 무일의 공방이었다.

풍잔의 인물 중에서 제갈명과 쌍벽을 이룰 정도로 뛰어난 두뇌를 가졌다고 알려진 그였으나, 태생적으로 폐쇄적인 성격인지라 다른 사람들과는 어울리지 않았으며, 거의 시간을 자원각에 처박혀 지냈다.

혼자 이것저것 자신이 상상한 것들을 탐구하는 것으로 소일하고 지내는 것이다.

오늘도 그랬다.

잠겨 있지 않은 자원각의 미닫이문을 열고 들어가자, 어두침침하고 너무 복잡해서 지저분해 보이는 방이 펼쳐졌다.

자질구레한 물건들이 널려 있는 선반이 벽을 따라 줄줄이 걸려 있고, 무엇인지 알 수 없는 온갖 기물들이 쓰레기 더미처럼 바닥에 널브러져 있는 방이었다.

그런 방의 한쪽, 유일하게 선반이 없는 정면 벽에는 돌로 만든 탁자와 의자가 놓여 있었는데, 무일은 거기 앉아서 무언가에 열중하고 있었다.

등롱의 한쪽을 터서 한곳으로만 비출 수 있게 되어 있는 대여섯 개의 장명등이 탁자를 비추고 있었다.

무언가에 집중할 필요가 있는 사람이 그렇게 하듯이 대여섯 개의 장명등이 죄다 무일의 손을 비추고 있었다.

얼마나 집중하고 있는지 설무백 등이 들어서는 인기척도 느끼지 못하고 있었다.

설무백은 실소하며 인기척을 냈다.

"밥은 먹었냐?"

"……!"

무일이 화들짝 놀라서 설무백을 돌아보고는 후다닥 일어나며 고개를 숙였다.

"아, 주군……! 죄송합니다!"

"무슨 죄송할 것까지야……."

설무백은 대수롭지 않게 대꾸하고는 탁자로 다가가서 무일이 만지고 있던 물건을 살펴보았다.

어째 낯설지 않은 물건으로 보인다 했더니만, 과연 그랬다.

무일이 만지고 있던 물건은 지난날 그가 화사에게 전해 준 금속 비갑이었다.

무일이 뒷머리를 긁적이며 말했다.

"화사 소저가 부탁한 겁니다. 비환을 탈착하는 부분이 비틀어져서 출수와 회수가 용이하지 않다고…… 근데, 그게 살펴보니 비틀어진 것이 아니라 비환을 탈착하는 부분이 마모된 것이더군요."

그리고 감탄했다.

"비환의 강도가 정말 엄청나요. 비갑 자체도 보통 단단한 금속이 아닌데, 비환의 강도를 견디지 못한 거예요. 그 때문에 내부의 부속도 적잖게 어긋나 버렸고요. 화사 소저가 기존의 수법이 아닌 적엽비화를 응용한 출수를 하다 보니 무리가 간 것 같은데, 그래도 그렇지 이렇게 단단한 금속이 버티지 못하다니, 정말 대단하지 뭐예요."

철비갑은 겉면의 일부가 열려 있고 그 안에는 용수철 등속의 작은 부품들이 빼곡하게 들어차 있었다.

철비갑은 단순히 비환을 장착하는 것만이 아니라 출수와 회수를 보다 더 부드럽게 하기 위한 장치가 내제되어 있었던 것이다.

설무백는 고개를 갸웃했다.

철비갑의 실체가 이채롭긴 했지만 그보다 의문이 먼저였다.

"이걸 왜 네가……?"

풍잔에는 철을 다루는 데 있어 자타가 공인하는 장인이 두 사람이나 있었다.

사천당문의 반도로 낙인찍힌 사마천조와 철(鐵)의 가문으로 알려졌을 정도로 중원 제일을 자랑하는 야장가문인 서화부 와 호장의 후예 유당이 바로 그들이었다.

하물며 사마천조는 지금 무일이 수리하고 있는 철비갑을 만든 사람이었다.

화사가 그들을 제쳐 두고 무일에게 철비갑의 수리를 부탁했다는 것이 선뜻 납득하기 어려웠다.

"아, 그게……."

무일이 습관처럼 뒷머리를 긁적이며 대답했다.

"제가 약간 다르게 손보는 거예요. 그러니까, 보다 원활하게 작동할 수 있게요. 마모된 표면은 유 노야가 이미 손봤고, 비틀어진 내부의 부속은 사마 대협이 벌써 새로운 것으로 교체했는데, 제가 보기엔 비환이 장착되는 고정 틀의 방향을 조금 바꾸고, 출수와 회수를 용이하게 하는 안쪽의 용수철 몇 개만 위치를 바꾸면 앞으로는 고장 나는 일이 없을 것 같아서요."

설무백은 내심 감탄했다.

지금 무일이 수리하고 있는 금속 비갑은 실로 명장의 후예이며 그 자신도 명장인 사마천조가 무려 오 년이나 공들여 만든

명품이었다.

게다가 이미 중원에서 손꼽히는 야장인 유당의 손까지 거쳐서 성능이 더 나아진 물건이었다.

이유 여하를 막론하고 그런 기물을 손봐서 성능을 향상시킨다는 것은 무일의 능력이 그들, 두 사람의 재주를 넘어선다는 얘기가 되는 것이다.

"아, 물론 유 노야와 사마 대협에게는 이미 말해서 허락을 받았습니다."

무일이 새삼 뒷머리를 긁적이며 변명처럼 말을 덧붙였다.

내심 감탄하느라 침묵하고 있는 설무백의 태도를 오해한 모양이었다.

설무백은 피식 웃었다.

"머리가 너무 좋아. 내가 생각한 것보다 훨씬 더. 그러니 이런 일이 생기지."

말을 끝낸 그는 슬쩍 손을 내밀어서 무일의 왼쪽 손목을 잡아서 위로 쳐들었다.

"……!"

무일이 눈을 부릅떴다.

애써 신음을 참고 있지만, 상당한 고통을 느낀 것이다.

설무백이 힘을 주어서가 아니었다.

그 정도로 그의 왼손의 근육이 적잖게 굳어 있었다.

"언제부터 이랬어?"

설무백이 혀를 차며 질문하자, 무일이 계면쩍은 미소를 흘리며 대답했다.

"한 달포 전부터요."

"그럼 그때 고루마공의 경지가 팔 성을 넘어선 거냐?"

무일이 놀랐다.

"그걸 어떻게……?"

설무백은 자못 사나운 눈총을 주었다.

"고루마공이 완전한 무공이 아니라는 것은 세상 사람이 다 아는 얘기고, 고루마공이 팔 성의 경지를 넘어서면 부작용이 나타난다는 것도 아는 사람은 다 아는 얘기다. 너만 모르고 있었냐?"

무일이 멋쩍게 웃으며 다시금 뒷머리를 긁적였다.

설무백은 그의 왼쪽 손목을 잡은 채로 그를 방의 한쪽으로 이끌었다.

"이쪽으로 와 봐."

지저분한 가운데서도 그나마 조금 덜 지저분한 방의 구석이었다.

설무백은 그 자리에 무일을 주저앉히고 자신도 가부좌를 틀고 앉으며 공야무륵과 철면신, 제갈명, 고고매를 향해 말했다.

"혹시 모르니 조금 떨어져 있어."

공야무륵 등이 거리를 두고 떨어지자, 설무백은 자신을 마주 보고 앉은 무일을 돌려 앉게 하며 명문혈에 손바닥을 댔다.

"한번 운기해 봐."

"예?"

"고루마공."

"아……!"

무일이 그제야 이해하고는 자세를 바로하고 지그시 눈을 내리깔며 운기했다.

얼굴을 포함한 그의 전신 피부가 고목나무처럼 딱딱하고 거무데데하게 변해 갔고, 검푸른 기운이 일어나서 그의 전신을 감쌌다.

고루마공이었다.

설무백은 그제야 서서히 진기를 일으켜서 장심을 통해 무일의 명문혈로 침습해 들어갔다.

무일이 그것을 느끼고는 움찔했다.

설무백이 경고했다.

-죽고 싶냐?

무일의 뇌리에서 울리는 소리, 고도의 전음이었다.

무일이 바짝 정신을 차렸다.

장심을 통해서 그의 체내로 침습해 들어간 설무백의 한 줄기 진기는 그 순간에도 멈추지 않고 그의 혈맥을 돌아다니며 벌레의 촉수처럼 예민하게 그의 사지백해를 살폈다.

그러던 어느 한순간, 고요한 설무백의 전음이 다시금 무일의 뇌리에서 울렸다.

-전음은 익혔냐?

-아, 예. 익혔습니다.

-그럼 고루마공의 구결을 말해 봐라.

다른 사람이라면 가문의 비전을 전해 주는 일은 절대 없었을 터였다.

하지만 상대는 설무백이었다.

무일은 추호도 망설임 없이 자신이 수련한 고루마공의 구결을 전해 주었다.

그리고 약간의 시간이 흘렀다.

설무백이 말했다.

-잘 들어. 지금부터 나는 네가 가진 모든 진기를 가져올 거다. 대신 다른 진기를 불어넣어 줄 텐데, 적잖은 고통이 따를 거다.

-참는 거라면 자신 있습니다.

-그래, 견뎌라. 그럼 고루마공의 부작용을 치료할 수 있다.

-옙!

무일은 다부지게 대답했다.

다른 사람의 말이라면 너무 황당해서 비웃었을지 모르지만, 설무백의 말이기에 그는 무조건 믿었다.

때를 같이해서 그의 체내를 돌던 진기가 명문혈에 대진 설무백의 장심을 통해서 빠르게 빠져나가기 시작했다.

그리고 고통이 시작되었다.

마치 거대한 손이 그의 전신을 빨래처럼 비틀어서 쥐어짜는 것과 같은 고통이었다.

죽을 것 같았다.

설무백의 전음이 그런 그를 일깨웠다.

－정신을 잃으면 죽는다!

무일은 버티고 또 버텼다.

신음을 흘리지 않으려고 사력을 다하며 차라리 전신의 고통을 즐기려고 애썼다.

낯선 진기가 새롭게 침습해서 그런 그의 의지를 도왔다.

얼마의 시간이 그렇게 흘러갔을까?

무일은 한순간 그의 의지를 돕던 낯선 진기마저 스르르 빠져나가는 것을 느꼈다. 그런데 묘하게도 전신을 쥐어짜던 고통이 서서히 누그러졌다.

낯선 진기가 빠져나감과 동시에 앞서 빠져나갔던 고루마공의 진기가 그의 체내로 유입되기 시작한 것이다.

무일은 너무나도 놀랍고 감탄스러워서 의지와 무관하게 자지러졌다.

지금 그의 체내로 유입되고 있는 고루마공의 진기가 그간 그가 느끼던 혼탁한 진기가 아니라 물처럼 혹은 수정처럼 맑고 깨끗한 진기였기 때문이다.

이건 마치 그가 지니고 있던 고루마공의 진기를 하나하나 분해해서 맑은 물에 씻어 낸 것과도 같은 느낌이었다.

그때 설무백의 경고가 그의 뇌리를 때렸다.

－정신 안 차릴래?

무일은 급히 정신을 차렸다.

그리고 들끓는 사념을 애써 누르며 체내로 유입되는 고루마공의 진기를 최대한 많이 자신의 것으로 소화하기 위해서 소주천, 그리고 대주천으로 이었다.

그는 서서히 무아지경으로 빠져 들어가서 자신의 명문혈에 대고 있던 설무백의 장심이 떨어져 나가는 것도 전혀 인지하지 못했다.

"휴……!"

설무백은 물러나서 길게 심호흡하며 특유의 미소를 지은 채 몰아의 경지로 빠져든 무일을 바라보았다.

아지랑이처럼 넘실거리는 거무데데한 기운에 휩싸인 무일의 기색은 조금 전과 달리 매우 안정적으로 보였다.

충분히 가능하다고 생각하면서도 못내 반신반의했는데, 성공한 것이다.

"대체 어떻게 하신 겁니까?"

제갈명이 묻고 있었다.

공야무륵도 의혹이 가득한 눈빛으로 바라보았다.

설무백은 짧게 간단하게 대답해 주었다.

"고루마공의 진기에 섞인 혼탁한 기운을 씻어 주었지."

"예……?"

제갈명은 실로 황당하다는 표정이었다.

고고매는 그저 감탄스러운 눈빛으로 설무백을 바라보고 있었지만, 공야무륵의 표정은 제갈명과 조금도 다르지 않았다.

당연한 반응이었다.

진기를 씻는다는 것도 황당한데, 무려 타인의 진기를 씻어서 돌려준다는 것은 실로 천하기사에도 없는 일인 것이다.

"진기가 어디 선반에 올려놓은 물건도 아니고, 그게 정말 가능한 일입니까?"

정말이지 어처구니없어하는 제갈명에 반해 공야무륵의 반응은 사뭇 담백했다.

"지금 앉은 자리에서 무일을 벌모세수(伐毛洗髓)하셨다는 건데, 그럼 무일이 저 녀석 정말 강해지겠네요. 팔 성의 경지에서 벌모세수라면 고루마공의 대성이 바로 코앞에 있을 테니 말입니다. 깨어나면 한번 싸워 봐야겠는 걸요."

요미가 설무백의 그림자 속에서 불쑥 머리를 내밀며 끼어들었다.

"나도, 나도!"

설무백은 그러려니 그저 손을 내젓고 밖으로 나서며 암중의 흑영과 백영을 향해 말했다.

"잠시 지켜 줘. 한동안 깨어나지 못할 테니까."

"옙!"

설무백은 흑영과 백영의 대답을 뒤로하고 밖으로 나서기 무섭게 불쑥 말했다.

"무슨 일인데 이리 우르르 몰려온 거지?"

자원각의 문밖에는 검노와 쌍노를 비롯한 풍잔의 요인들이 대거 몰려와 있었다.

설무백은 심혈을 기울여서 무일의 진기를 정화시키는 와중에도 그들의 기척을 느끼고 있었다.

"정말이지 참고 또 참았는데, 도저히 확인하지 않고는 못 배기겠어서 말이오, 주인나리."

멋쩍은 표정으로 나선 검노가 모두를 대표하듯 재우쳐 물었다.

"마교의 마왕 녀석들을 그리도 쉽게 제압해 버릴 수 있는 이유가 대체 뭐요?"

드러나는 것들 (1)

설무백은 대답에 앞서 모인 사람들의 면면을 확인했다.

검노와 쌍노, 예충, 태양신마, 반천오객의 세 사람인 묵면화상, 일견도인, 무진행자, 그리고 혈뇌사야와 검산의 담대성, 한상지, 마결 등이었다.

잔월의 모습이 보이지 않고 애먼 기색인 혈뇌사야가 끼어 있을 뿐이지, 다들 이번 싸움에서 제갈명의 계획에 따라 특공조로 나섰던 고수들이었다.

즉, 다들 마왕들과 몸소 겨뤄 보고 나서 든 의문인 것이다.

"여기서 이럴 게 아니라 자리를 옮기는 게 좋겠네."

설무백은 자리를 취의청으로 옮겼다.

워낙 적지 않은 사람들이 모여서 취의청이 적당했다. 그리고 모두가 자리를 잡고 앉기를 기다렸다가 입을 열었다.

답변이 아니라 오히려 질문이었다.

"단지 그게 궁금해서 이렇게 이 시간에 이렇게 우르르 몰려온 건 아니겠지?"

다들 선뜻 대답하지 못하고 머뭇거렸다.

아무리 봐도 그의 짐작대로라는 반응들이었다.

설무백은 짐짓 눈총을 주며 채근했다.

"눈치 보지 말고 그냥 말해. 세상 다 산 노친네들이 무슨 눈치를 그리 봐?"

"험험."

검노가 헛기침을 하며 나섰다.

"일단은 실로 그게 의문이외다. 주인도 알다시피 우리가 직접 상대해 본 결과 이건 도저히 납득하기 어려운 일이오."

"뭐가, 어떤 면에서?"

"넷, 다섯이 합공을 했음에도 고전했소. 그것도 암습이었는데 말이오. 그런데 주인은 그런 마왕을 마치 애 다루듯이 했소. 이게 말이 되는 거요? 내친김에 하는 말이지만……!"

검노는 이왕지사 말을 시작한 김에 끝장을 보겠다는 생각인지 거침없이 말을 이어 나갔다.

"막말로 말해서 우리들 중 셋이나 넷이면 능히 주인을 상대할 수 있다고 생각하오. 승리를 장담할 수는 없으나, 쉽게 패하지도 않을 것이라고 믿소. 한데, 주인은 어떻게 같은 조건이라고 생각한 마왕들을 그리 쉽게 제압한 건지 도통 알다가도 모르겠소."

설무백은 묵묵히 고개를 끄덕이며 검노를 비롯한 쌍노와 예충 등을 가만히 둘러보다가 피식 웃었다.

"어째 뭔가 이미 알고 묻는 것 같은데?"

그의 시선이 왠지 모르게 어색한 표정으로 앉아 있던 혈뇌사야에게 돌려졌다.

혈뇌사야가 딴청을 부리며 그의 시선을 피했다.

설무백은 이제야말로 자신의 짐작이 옳았다는 판단을 내리며 검노의 말을 인정했다.

"검노의 말이 옳아. 제대로 봤어. 지금 이 자리에 있는 노인네들 네다섯이 손을 모으면 나도 상대하기가 쉽지 않지. 앞서 상대해 본 마왕들과 엇비슷하겠지."

그는 빙그레 웃으며 다시 말했다.

"하지만 노야들이 이미 아는 것처럼 마왕들의 경우는 달라. 그들은 네다섯이 아니라 예닐곱이 한꺼번에 덤벼도 충분히 상대할 수 있을 거야. 기분 같아서는 십팔마왕이 합공을 해도 능히 제압할 수 있을 것 같기도 하고."

설무백의 말을 들은 좌중 모두가 무거운 기색으로 변했다.

절로 마른침을 삼키는 사람도 있었다.

와중에 검노가 나서며 물었다.

"대체 어떻게 그리 할 수 있는 거요?"

설무백은 있는 그대로 솔직하게 내막을 드러냈다.

"아는 사람도 있고, 모르는 사람도 있을 테지만, 내가 전에 우연찮게 기연을 만났어. 마교의 기물을, 아니, 마물을 얻었지. 마교의 사대호교지보 중의 하나를 말이야. 처음에는 천마검인 줄 알았는데, 천마령이라고 하더군."

설무백은 말을 하면서 슬쩍 혈뇌사야를 일별하는 것으로 그와 같은 사실이 누구 입에서 나왔는지를 밝히며 계속 말했다.

"천마령에 그런 힘이 있더군. 아니, 힘이 아니라 기운이라고 해야 할까? 아무튼, 그런 게 있어. 다들 들어 본 적이 있을 거야. 천마령이 마교의 무공을 배운 자들만을 전문적으로 제압하는 공능을 가지고 있다는 전설 말이야."

"그게 사실이라는 거요?"

"사실이었어. 다만 나는 그게 어떤 특이하고 색다른 무공비결을 의미하는 것이라고 생각했는데, 그게 아니라 천마령 자체가 그런 힘을 발휘하는 거야."

"어떻게 그것이 가능하다는 건가?"

당연한 질문이 따라붙었다.

지금 이 자리에 모인 사람들이 다들 그렇지만, 그중에서도 특히나 말을 거르지 않고 하기로 검마와 쌍벽을 이루는 태양신마의 질문이었다.

설무백이 시선을 주자, 그가 말을 덧붙였다.

"천마령이 소위 생명을 가지고 있다는 천병(天兵)이나 신병이기(神兵利器)처럼 상대의 심령을 제압하는 신기를 발휘한다는 겁니까?"

설무백은 잠시 생각하다가 이내 고개를 저었다.

"그런 것과는 조금 달라."

이번에는 검노가 바로 말꼬를 잡으며 물었다.

"어떻게 다릅니까?"

설무백은 대수롭지 않게 천마령의 비밀을 밝혔다.

"천마령은 마교의 무공을 기록한 물건이 아니고, 마교의 숨겨진 마병도 아니야. 명실공히 마교의 권능이야."

검노가 고개를 갸웃했다.

"권능이라 함은……?"

설무백은 씩 웃으며 대꾸했다.

"역대 마교교주들의 내공 정화, 역대 마교교주들이 전부 혹은 일부를 응축시켜서 유형화한 기의 덩어리, 그게 바로 천마령이야."

"……!"

장내에 자리한 모두의 눈이 동시에 커졌다.

경악과 불신이 혼재된 반응이었다.

그럴 수박에 없었다.

무공이 신화경의 경지마저 초월해서 특정한 지경에 다다르면 익힌 내공의 정화를 물건처럼 유형의 것으로 만들 수 있고, 그것을 다른 사람에게 전해 줄 수도 있다는 얘기가 있다.

그러나 그것은 사람들이 흔하게 말하지만 정작 존재하지는 않는 용이나 봉황처럼 단지 전설일 뿐, 역사상 단 한 번도 실재한 적이 없는 환상과 같았다.

그런데 지금 설무백의 말은 천마령은 그와 같은 전설처럼 역대 마교의 교주들이 대를 물려서 이어 준 내공 정화라고 말하고 있으니 실로 놀라지 않을 수 없는 것이다.

검노가 좌중 모두를 대신하듯 물었다.

"그게 정말 사실입니까?"

"사실이야."

설무백은 딱 잘라 대답하고는 특유의 미온한 미소를 입가에 떠올리며 부연했다.

"내가 저들을 쉽게 제압하고, 저들이 내게 쉽게 굴복하는 이유가 그래서야. 천마령은 마교의 모든 마공을 압도하는 내공의 결정체이며, 자체로 그런 기운을 발산하기 때문인 거지."

역대 마교의 교주들이 성취한 내공의 수위가 어느 정도인지는 실로 상상할 수조차 없다.

그만큼 엄청나다는 뜻이다.

그 때문이었다.

내공은 그 사람의 능력을 드러내는 기운으로, 무인들이 상대의 능력을 판별하는 기도라는 것도 따지고 보면 바로 상대가 가진 내공의 기운을 읽는 것과 다름 아닌 것이고, 따라서 역대 마교교주들의 내공이 응축된 천마령은 말 그대로 역대 마교교주들의 기품과 파괴력이 집약된 것과 같아서 그들이 가진 능력을 드러내는 일종의 힘이요, 기운이라고 할 수 있었다.

그러므로 천마령의 기운은 마공을 익힌 자들에게 인간의 상상을 초월하는 파천(破天)의 힘을 발휘한다.

그 힘은 심성의 근본에 내재한 본성마저 억누르며 위축시켜서 절로 굴종하고픈 마음이 생기게 하는데, 물리적인 힘이 아닌 그 어떤 기운으로 상대의 육체가 아닌 정신을 지배한다는 측면에서 설무백은 그 기운을 권능이라고밖에는 달리 표면할 말이 없었다.

"처음에는 나도 몰랐어. 시간이 지날수록 천마령의 기운이 차츰차츰 본신의 진기로 녹아들고 스며드는 바람에 자연히 알게 된 거지. 물론 보다시피⋯⋯."

설무백은 설명하는 와중에 슬쩍 손바닥을 내밀었다.

순간, 그의 손바닥에서 빛이 나더니 검붉은 칼날과 같은 것이 불쑥 솟아났다.

검붉은 수정과 같은 결정체인 천마령이었다.

"나 역시 언제든지 이렇게 유형화시킬 수 있지. 사용하기에 따라선 칼이나 검처럼 쓸 수도 있고. 천하의 그 어떤 병기보다 더 강하고 예리한 병기이라고나 할까?"

좌중의 모두가 감탄 어린 눈빛으로 신기한 듯 검붉게 빛나는 천마령을 바라보았다.

설무백은 손바닥을 뚫고 나온 천마령을 다시 체내로 흡수해서 거짓말처럼 사라지게 만들었다. 그리고 여태까지와 달리 냉정하게 가라앉은 눈빛으로 좌중을 둘러보며 말했다.

"자, 이제 내가 해 줄 말은 다 해 줬어. 그러니 이제 진짜 궁금한 것을 말해 봐."

검노가 손가락으로 코끝을 긁었다.

계면쩍어지면 드러나는 그의 습관이었다.

그때 예충이 나섰다.

"천마령에 대한 얘기 대신 다른 얘기를 들었습니다."

그의 시선이 혈뇌사야를 일별하며 말을 이었다.

"물론 짐작하시다시피 혈노에게 들은 얘기입니다. 듣자하니, 주군께서 천마공자라고 하더군요. 그래서 마왕들조차 주군의 기세에 압도되어 힘을 쓰지 못하는 거라고 말입니다."

설무백은 못내 실소하며 고개를 돌려서 혈뇌사야를 바라보았다.

혈뇌사야가 여전히 딴청을 부렸다.

"그렇게 앞뒤 다 자르고 얘기하면 어떡해?"

설무백이 눈총을 주며 말하자, 딴청을 부리고 있던 혈뇌사야가 멋쩍게 웃으며 대답했다.

"그야 천마령에 대한 얘기는 이 늙은이의 입으로 얘기할 수 없으니까요."

설무백은 말문이 막혔다.

듣고 보니 또 틀린 말이 아니었다.

혈뇌사야의 입장에선 감히 그의 허락도 없이 천마령의 내력을 밝힐 수 없는 것이다.

"틀린 말은 아니야."

설무백은 우선 인정하고 나서 덧붙여 말했다.

"나도 나중에 혈노에게 들어서 안 사실인데, 그게 그렇다고 하더군. 천마령의 기운을 아무런 여과도 없이 받아들일 수 있는 사람은 전 마교교주인 천마대제의 후손밖에, 그러니까 천마의 핏줄밖에 없다고 말이야."

"……!"

좌중의 모두가 뜨악한 표정이 되었다. 그리고 이내 장내가 소란스러워졌다.

"사실입니까?"

"그게 정말입니까?"

"정말 그게 사실이었다고요?"

설무백은 가만히 탁자를 두드려서 주위를 환기시켰다.

장내가 조용해지자, 그는 가만히 웃는 낯으로 자신이 설인보의 양자가 되기 이전의 사정을 소상하게 설명해 주었다.

물론 전생의 기억을 제외한 사정이었고, 의부에게 들은 얘기라는 부연도 덧붙였다.

또한 그에 더해서 철각사와, 바로 천하제일고수 석정과 얽힌 사연도 있는 그대로 알려 주었다.

장장 반신이나 걸린 얘기였다.

그리고 말미에 그는 자신의 추론을 추가했다.

"고로 당시의 정황을 돌아볼 때, 나는 천마공자의 핏줄일 가능성이 매우 농후해. 여전히 나 스스로도 도무지 믿기지 않고, 믿기도 어려운 얘기지만 말이야."

설무백의 얘기가 끝나자, 장내가 고요해졌다.

얘기를 할 때는 다들 그의 얘기에 동화되어서 고개도 끄덕이며 침음을 흘리거나 감탄사를 터트리기도 하는 등, 못내 부산스럽기도 했으나, 그의 얘기가 끝나자 다들 현실에 직면한 것이다.

놀랍고도 어처구니없게도 설무백이 천마의 후예일지도 모른다는, 아니, 그게 거의 확실하다는 현실이었다.

설무백은 잠시 그런 좌중을 둘러보다가 미간을 찌푸린 채 피식 웃으며 질문 아닌 질문을 던졌다.

"뭐야? 다들 바보들이야?"

그는 대답을 기다리지 않고 입가의 미소를 한결 짙게 드리우며 다시 말했다.

"네모난 그릇에 물을 담으면 네모나 지고, 세모나 그릇에 물을 넣으면 세모나게 변하지. 물론 동그란 그릇에 물을 담으면 동그래지고 말이야."

그는 냉정한 듯 부드러운 목소리로 말을 끝맺었다.

"나는 나야. 변하지 않았고, 변하지도 않아."

이매당의 당주인 귀매 사사무가 풍잔으로 돌아온 것은 그로부터 사흘이 지난 정오 무렵이었다.

설무백은 오랜만에 풍잔의 실내 연무장인 풍무관에서 제자 정기룡의 무공을 지도하고 있다가 사사무를 맞이했다.

"왔나?"

사사무는 평소의 습관대로 모습을 드러내지 않고 풍무관으로 들어섰으나, 설무백은 바로 알아차렸다.

집중하기에 따라서 풍전의 영내 전역에서 벌어지는 사소한 변화까지 감지할 수 있는 그의 감각이 고작 주변의 변화를 모를 리는 만무한 것이다.

"다녀왔습니다."

사사무가 귀신처럼 혹은 유령처럼 홀연히 설무백의 면전에 모습을 드러내며 인사했다.

자부하는 은신술이 바로 발각 당했음에도 그는 전혀 놀라거나 당황하는 모습이 아니었다.

상대가 다른 누구도 아닌 설무백이기 때문이다.

오히려 다른 사람들이 반응을 보였다.

한쪽에 물러나 있던 철면신과 공야무륵은 그저 그러려니 하는 것처럼 무심했으나, 그 옆에 서 있던 고고매는 갑작스러운 설무백의 말과 사사무의 등장에 못내 당황한 듯 눈이 커졌고,

설무백의 지도를 받고 있던 정기룡도 흠칫했다.

다만 놀랍고 신기하다는 표정을 지우지 못하는 고고매와 달리 정기룡은 이내 평정을 되찾으며 조용히 태세를 거두며 한쪽으로 물러났다.

풍잔에서 지내다보니 이런 일이 하도 비일비재해서 그도 이제는 어느 정도 적응이 된 것이다.

"아버님이 선뜻 수긍하시진 않으셨지?"

"예, 조금…… 하지만 이내 수긍하셔서 바로 모처로 모시도록 조치했습니다."

"그래?"

설무백은 피식 웃고는 재우쳐 물었다.

"북경에는?"

사사무가 대답했다.

"천살과 지살을 보내서 마님과 식솔들을 모시도록 했습니다. 위 장군님의 자택에는 흑지주와 금안혈승을 보냈고요. 혹시 몰라서 위 장군의 군관 하나를 딸려 보냈으니, 별 탈 없이 순조롭게 이주하시리라 봅니다."

"수고했어."

설무백의 대화를 끝내고 돌아섰음에도 불구하고 사사무는 자리를 뜨지 않고 머뭇거렸다.

설무백이 다시 돌아서서 사사무를 바라보며 물었다.

"무슨 다른 할 말이 있나?"

사사무가 잠시 뜸을 들이다가 작심한 표정을 지으며 대답했다.

"이번 일에 대한 징계는 어찌하실 건지……?"

설무백은 이제야 깨달으며 피식 웃었다.

"동창?"

"예."

사사무가 짧게 인정하고는 아무래도 부족하다고 생각했는지 바로 말을 더했다.

"하나를 받으면 열배로 되갚아 주는 것이 강호의 철칙 아닙니까. 이대로 우야무야 넘어가실 일은 아니라고 봅니다."

"동창이 아니면?"

설무백은 웃는 낯으로 잘라 물었다.

"주범이 제독동창 조위문이 아니라 그 윗선이면 어쩌려고?"

작금의 황궁에서 다방면에 걸쳐 무소불위의 능력을 발휘하며 실세로서의 입지를 다지고 있는 제독동창 조위문의 윗선은 직접 거명하기 어려운 오직 한 사람, 황제뿐이었다.

사사무는 그럼에도 불구하고 일말의 망설임 없이 대답했다.

"동창을 징계하면 그 윗선도 경각심을 가지고 더 이상은 헛짓거리를 하지 않으리라고 봅니다."

"야야, 그분을 두고 헛짓거리라니, 말이 너무 심하다."

"죄송합니다."

"아, 뭐, 죄송할 것까지는 없고……."

설무백은 가볍게 웃는 낯으로 손을 내저으며 다시 말했다.

"내가 그분을 잘 알아. 그래서 그래. 보통의 경우라면 귀매 너의 말처럼 경각심을 가지고 조심할 테지만, 그분은 경각심을 가지고 더욱 신중하고 치밀하게 움직이실 분이야. 물론 이번 일이 그분의 머리에서 나온 일이라면 말이지만."

사사무가 눈빛이 차갑게 변해서 대답했다.

"아무리 그래도 이대로 그냥 넘어가시는 것은……!"

"그냥 넘어가지 않아."

설무백은 냉정하게 말을 잘랐다.

"내가 직접 처리하려고 그러는 거야."

"아……!"

사사무가 두말없이 고개를 숙였다.

"그러시다면야……!"

"노파심으로 말하는데, 쓸데없이 다른 생각으로 섭섭해 하지 마. 천군이 있어서 그래. 동창과 천군의 힘이 합쳐지면 이매당 만으로는 역부족이야."

설무백은 말미에 덧붙여 말했다.

"가서 좀 쉬어. 갈 때 부를 테니까."

못내 아쉬운 기색이 엿보이던 사사무의 표정이 밝아졌다.

그는 즉시 고개를 숙이며 물러났다.

"옙! 대기하고 있겠습니다!"

설무백은 그 자리에서 홀연히 암중으로 사라지는 사사무를 못내 피식 웃으며 바라보았다.

　그런 그의 시선에 풍무관으로 들어서는 두 사람이 들어왔다.

　제갈명과 그 뒤를 따르는 무일이었다.

　"깨어났네, 쟤?"

　요미가 설무백의 그림자 속에서 얼굴을 내밀며 이채로운 눈빛으로 다가오는 무일을 바라보았다.

　그녀의 말마따나 무일은 지난 사흘 내내 운기행공에 빠져서 깨어나지 않고 있었던 것이다.

　"영내에서는 좀 그 속에서 나올 수 없냐?"

　"헤헤, 습관이 돼서 여기가 편하다는……."

　요미가 슬그머니 다시 설무백의 그림자 속으로 눈이 녹아내리듯 스며들어 갔다.

　설무백이 더는 타박도 못하고 고소를 금치 못하고 있는 참인데, 다가온 무일이 멋쩍게 웃는 낯으로 뒷머리를 긁적이며 인사했다.

　"감사하고, 고맙고, 에…… 또 아무튼, 심려를 끼쳐 드려 죄송합니다."

　설무백은 그저 피식 웃고는 제갈명에게 시선을 주었다.

　"너는 왜 온 건데?"

　제갈명이 천연덕스럽게 대꾸했다.

　"구경하려고요."

　"뭘?"

"얘가 이룬 경지요. 당연히 주군께서 시험해 보실 거잖아요."

"……."

설무백은 정확한 예측이라 왠지 모르게 얄밉지만 뭐라고 얘기하지는 못하고 외면하며 무일에게 시선을 돌렸다.

"성과는 좀 있었냐?"

무일이 멋쩍은 표정으로 대답했다.

"예, 조금……."

설무백은 짐짓 눈총을 주었다.

"과공비례(過恭非禮)라는 말도 모르냐? 조금이 어느 정도라는 거야?"

무일이 어눌하게 보일 정도로 작고 희미한 미소를 입가에 머금으며 대답했다.

"대성을 이루지는 못했지만, 대성을 눈앞에 둔 것은 확실한 것 같습니다."

설무백은 여전히 자신감 없이 에둘러 말하는 무일의 태도에 절로 끌끌 혀를 찼다.

"정말 고질병이구나, 그놈의 성격은."

무일이 넙죽 고개를 숙였다.

"죄송합니다!"

설무백은 못내 한마디 더하려다가 고개 숙인 무일이 목덜미까지 붉어진 것을 보고는 손을 내저으며 그만두었다. 그리고 고개를 돌려서 앞서 지도하고 있던 정기룡을 바라보는 참인데, 요미가 다시금 그의 그림자에서 불쑥 머리를 내밀며 말했다.

"내가 시험해 볼게."

"너 한 번만 더 나서면……!"

"알았어, 알았어. 안 그러면 되잖아."

요미가 기겁하며 두 손을 번쩍 들고 서둘러 그의 그림자 속으로 사라졌다.

설무백은 이젠 화도 나지 않아서 그저 웃어넘기며 정기룡을 향해 말했다.

"비무다. 실전으로 생각하고 전력을 다해 봐라."

"예, 사부님!"

정기룡이 바로 대답하며 지체 없이 앞으로 나섰다.

그에 반해 무일은 나서지 않고 설무백을 바라보며 눈만 멀뚱거리고 서 있었다.

설무백은 자못 사납게 눈총을 주었다.

"너도 나서야지! 지금 여기서 비무할 사람이 너 말고 또 누가 있냐?"

"아……!"

무일이 이제야 이해한 표정으로 습관처럼 뒷머리를 긁적이며 정기룡을 향해 나섰다.

설무백은 그런 무일의 뒤통수에다가 대고 일침을 가했다.

"너도 실전으로 생각하고 전력을 다해! 안 그러면 네가 고루마공을 뺏어다가 다른 쓸 만한 사람에게 넘겨줄 테니까! 이거 농담 아니다!"

무일의 안색이 확 변했다.

이미 고루마공의 내공을 빼앗겼다가 돌려받은 경험이 있는 그로서는 지금 설무백의 경고가 진심이든 아니든 정말 그럴 수 있다는 사실을 알기에 절로 바짝 긴장할 수밖에 없었다.

순간, 얼굴을 포함한 그의 전신이 흡사 고목나무처럼 거무데데하게 변했다.

고루마공이었다.

정기룡이 그 순간에 반응했다.

그의 전신은 푸른 기운에 휩싸이고 있었다.

청마진결은 내공심법인 청마진기를 끌어 올린 것이다.

"이건 뭐……!"

제갈명이 그들의 변화를 보고는 혀를 내둘렀다.

"정말 애들 싸움이 아니네!"

애들 싸움은커녕 소위 무림일절로 불리는 무공을 소유한 고수들의 대결도 이보다는 못할 터였다.

지금 무일과 정기룡의 경지는 이미 작금의 강호무림에서 내로라하는 초고수들과 어깨를 나란히 하고 있었다.

그래서일 것이다.

대치한 무일과 정기룡은 공히 선공에 나설 생각을 하지 못하고 서로를 주시한 채 천천히 원을 그리며 돌았다.

바람도 없는데 그들의 발걸음을 따라서 흙먼지가 일어났다.

상승의 공력이 대지를 압박하며 흙먼지를 일으키고 있는 것이다.

그러나 성격은 어디 안 가는 법인지, 역시나 먼저 움직인 것은 정기룡이었다.

쿵-!

정기룡의 발이 무겁게 땅을 찼다.

사람의 발소리라고 생각하기 어려운 육중한 음향과 함께 그의 신형이 탄환처럼 쏘아지며 무일의 가슴팍을 파고들었다.

이미 뻗어진 그의 두 손이 허공에 수십 개의 환영을 만들어 내고 있었다.

청마진결에 기인한 청마유운보의 탄자결에 이은 청마경혼수였다.

무일이 감히 마주치지 못하고 뒤로 뛰어서 자리를 피했다.

마치 강시처럼 두 다리를 모아서 경중경중 뛰는 것과 같은 보법, 죽은 자가 저승사자의 뒤를 놓치지 않고 따라가는 걸음걸이라는 뜻을 가진 유계보(幽界步)였다.

정기룡이 놓치지 않고 따라붙었다.

눈으로 보기에는 우스꽝스러울지 몰라도 기실 유계보는 과거 구대 문파에 꼽히기도 했던 모산파에서 손꼽히는 경신법이었다.

예측불가의 방향으로 움직여서 적의 공격을 피하고, 예측불가의 방향에서부터 적과의 거리를 한달음에 좁혀서 예측하기 어려운 반격까지 도모할 수 있는 상승의 절기인 것이다.

그런데 정기룡이 펼치는 청마유운보의 경지도 상당했다.

경중경중 눈에 보이게 뛰는 것 같지만 사실은 예측불가의 방향으로 빠르게 뛰는 무일을 그림자처럼 따라붙고 있었다.

그 속도가 얼마나 빠른지, 다른 사람은 몰라도 제갈명의 시선은 벌써 정기룡의 움직임을 따라가지 못하고 놓쳐 버린 상태였다.

그때 설무백의 추상같은 외침이 장내에 울려 퍼졌다.

"정말 고루마공을 뺏어 주리!"

무일이 적극적으로 나서지 않고 안일하게 대처하고 있음을 지적한 것이다.

순간, 상황이 변했다.

공격을 등한시한 채 이리저리 피하기만 있던 무일이 반격에 나섰다.

타다닥-!

순간적으로 돌아선 무일의 손이 쇄도하는 정기룡의 손과 마주치며 불꽃이 튀었다.

적수공권(赤手空拳)이 마주쳤는데 불꽃이 튄다는 것은 보면서도 믿기 어려운 일이었으나, 사실이 그랬다.

고루마공으로 인해 강철처럼 단단해진 손과 청마진기로 인해 강철처럼 강화된 손의 충돌이었다.

거기에 실로 현란한 초식이 더해졌다.

파파파박―!

무일의 손은 곡선을 배제한 채 선과 점으로만 움직임에도 빠르고 영활했다.

정기룡의 손은 선을 무시한 채 곡선과 점으로만 임직임에도 파괴적인 기운이 폭출했다.

그런 손과 손이 현란하게 뒤엉키는 어느 한순간, 무일의 신형이 빙판을 미끄러지듯 뒤로 물러났다. 이 또한 유계보에 포함된 보법으로, 그의 두 발은 거의 땅에 붙지 않는 육지비행(陸地飛行)에 가까운 동작으로 이동하고 있었다.

정기룡이 이번에는 따라가지 않았다.

대신 간발의 차이로 그의 발이 무겁게 땅을 박찼다.

쿵―!

묵직한 소음과 함께 사방으로 피어나는 흙먼지 속에서 정기룡이 튀어나갔다.

청마유운보의 마지막 비결인 청마탄신(靑魔彈身)의 일 수였다.

흡사 길게 늘어진 고무줄이 끊어진 것처럼 빠르게 뒤로 미끄러지던 무일이 거짓말처럼 우뚝 멈추었다.

동시에 내밀어진 그의 쌍수가 쇄도하는 정기룡을 맞이하고 있었다.

파파파파박―!

현란한 손과 손이 엉클어진 그물처럼 어지럽게 뒤엉키며 둔탁한 소음을 발하고, 요란한 불꽃이 사방으로 튀었다.

폭죽처럼 눈부신 불꽃이 그들의 신형을 감추었다.

그리고 싸움이 끝났다.

한순간 소음이 그치며 불꽃이 사라진 자리에 각기 한 손을 마주잡은 채 저마다 다른 손으로 서로의 목을 움켜잡고 있는 그들, 두 사람의 모습이 드러났다.

승자도 패자도 없는 승부였다.

찰나의 시간이 영혼처럼 길게 흘렀다.

한 장의 그림처럼 정지해 있던 무일과 정기룡이 이내 깨어나서 조심스럽게 떨어지며 거리를 벌리고 서서 서로를 향해 더없이 정중하게 공수했다.

설무백은 자못 곱지 않은 눈초리로 그들을 쳐다보다가 이내 손을 내저으며 말했다.

"다들 어디 한번 한마디씩 감평해 봐. 구경을 했으면 값을 해야 할 것 아냐."

무일과 정기룡이 슬쩍 고개를 돌려서 공야무륵과 제갈명 등을 바라보았다.

그러다가 두 사람 다 공히 뜨악한 표정이 되었다.

당연히 공야무륵과 제갈명 등만 있을 거라고 생각했는데, 그렇지가 않았다.

언제 왔는지는 모르겠으나, 풍무관의 문가에는 적지 않는 사람들이 쪼그리고 앉거나 벽에 등을 기대고 서서 그들을 바라보고 있었다.

어디서 한 대 모여 있다가 왔는지 거의 대부분이 풍잔의 젊은 고수들이었다.

설무백은 애초에 공야무륵과 제갈명 등이 아니라 그들에게 말했던 것이다.

그들 중 하나, 남장을 하고 있는 여자, 대력귀가 시큰둥한 어조로 짧게 말했다.

"쓸 만하네요."

"그게 다야?"

"전력을 다하지 않는 비무인데, 그 정도면 충분하잖아요."

설무백은 가만히 고개를 끄덕였다.

대력귀의 말마따나 무일과 정기룡은 그의 닦달에도 불구하고 전력을 다하지 않았다.

제대로 본 그녀의 평가를 나무랄 수는 없었다.

그는 고개를 돌려서 그녀의 옆에 서 있는 단예사에게 시선을 주었다.

단예사가 바로 대답했다.

"무일은 경험이 부족해서 본래의 기량을 다 발휘하지 못하는 것으로 보이고, 정기룡은 아직 내공이 부족해서 초식의 변화가 유려하게 이어지지 않는 것 같습니다."

"둘 다 전력을 다했다면?"

"무일의 승이라고 생각합니다. 지금 정기룡의 화후로는 경지를 이룬 무일의 고루마공을 뚫지 못할 것 같습니다."

설무백은 이번에도 그저 고개를 끄덕이는 것으로 단예사를 외면하며 그 옆에 서 있는 모용자무에게 시선을 돌렸다.

무용자무가 그의 시선에 반응해서 말했다.

"저는 반대로 생각했습니다."

"어떻게 반대로?"

"정기룡이 익힌 청마진결은 권법보다 도법이 더 강하고, 병기의 이득을 취한다면 무일의 고루마공을 깨트릴 수 있을 것으로 보입니다."

설무백은 역시나 그 어떤 의견도 더하지 않고 묵묵히 고개를 끄덕이며 시선을 돌려서 그 옆에 서 있는 비풍을 바라보았다.

비풍이 말했다.

"저는 단예사의 의견에 동의합니다. 경지를 이룬 고루마공은 외문기공의 전설인 금강불괴(金剛不壞)와 다름없는 것으로 알고 있습니다. 정기룡이 작금의 화후로 깨트리기에는 역부족일 것 같습니다. 근데……."

잠시 말꼬리를 흐린 그는 히죽 웃으며 재우쳐 물었다.

"저도 한번 싸워 보면 안 될까요? 무일이 하고는 단 한 번도 비무해 본 적이 없는데, 오늘 보니 제법 싸움이 되겠는 걸요?"

설무백은 답변 대신 그저 웃는 것으로 받아넘기며 그 옆의 손지량에게 시선을 돌렸다.

"네 생각은 어때?"

손지량이 대답했다.

"벌어지지도 않은 일을 가지고 이렇다 저렇다 왈가왈부하는 것이 조금 우습긴 하지만, 그래도 굳이 물으시면 제 대답은 이겁니다. 전력을 다해서 싸웠어도 비겼을 것 같네요."

"이유는?"

"어차피 전력을 다해도 지금과 같았을 테니까요."

"지금과 같다?"

"서로가 서로에게 결정타를 날리지 못하고 멈춘다는 거죠. 그래서 저는 이런 감평이 별로 의미 없다고 생각해요. 비무는 어디까지나 비무죠. 생사결이 아니면 아무 의미 없죠."

설무백은 흥미로운 눈빛으로 손지량을 바라보았다.

청전부 은성장의 후예인 손지량은 지금 자리한 풍잔의 신진들 중에서도 유독 그와 인연이 깊었다.

천마령을 그에게 넘김으로서 그가 새로운 차원의 경지로 들어서는데 결정적인 역할을 했을 뿐만 아니라, 지금 자리한 아이들 중에서 그의 조언과 충고를 뿌리친 유일한 아이이기도 했기 때문이다.

워낙 영특한 아이라 제갈명의 곁에 두려고 했지만, 자신은 머리를 쓰는 것보다 몸을 쓰는 것을 더 좋아한다며 거부했고, 나중에 보니 나름의 계획을 가지고 무일과 가까이 지내며 고루마공을 익혔던 것이다.

그래서 설무백은 그 이후에도 방목하듯 그냥 멀리서 지켜보기만 했었는데, 이제 보니 손지량은 같은 사람이 아닌 것처럼 매우 달라져 있었다.

한동안 그가 밖의 일을 보느라 신경 쓰지 못하고 등한시했더니만, 흡사 변태를 거친 곤충처럼 그사이 사뭇 달라져서 이전에 느낄 수 없었던 기운과 기도를 풍기고 있는 것이다.

설무백은 묻지 않을 수 없었다.

"기대했던 고루마공의 경지는 미비한 데 반해 다른 무공이 경지를 이룬 것 같구나. 누구를 사부를 모셨느냐?"

손지량이 어색한 미소를 흘리며 대답했다.

"고루마공에 대한 수련을 게을리 한 것은 아닙니다. 다만 그동안 제게 유용하다고 생각하는 다른 무공을 이분 저분에게 동냥하듯 한 수씩 배우느라 그만 진전이 늦어졌습니다."

"사부를 모시지 않았다?"

"그런 건 체질상 맞지 않아서……."

설무백은 살짝 미간을 찌푸렸다.

"그런 건?"

손지량이 급히 손사래를 치며 말했다.

"오해하지 마세요. 어느 누구 사람을 말하는 게 아니라, 그저 다른 누군가를 사부로 모시고 배운다는 행위 자체를 말하는 겁니다. 그런 게 저랑 맞지 않는다고 생각하는 겁니다."

설무백은 애쓴 손지량의 설명에도 불구하고 표정을 풀지 않았다.

손지량의 생각 자체가 모순이라고는 생각이 들어서였다.

아무리 봐도 정작 손지량은 그것을 전혀 의식하지 못하는 것 같았다.

문제였다.

'자신의 생각만이 옳다고 느낀다. 자신을 믿고 도우려는 사람의 말조차 신용하지 못한다. 신망(信望)을 받고 있음을 알면서도 신망을 주려는 생각은 전혀 없는 거다.'

실로 지나친 독선이었다.

설무백은 마음을 다잡으며 물었다.

"그래서 너는 비풍처럼 한번 겨뤄 보고 싶은 생각이 들지 않느냐?"

손지량이 웃으며 고개를 저었다.

"이런 건 별로 의미 없다고 말씀드렸잖아요."

"생사결이면?"

설무백은 대수롭지 않게 잘라 물었다.

"해 볼 테냐?"

손지량의 안색이 변했다.

실로 영특하고 영악한 아이답게, 아니, 아이가 아니었다.

그사이 비풍과 단예사 등, 소위 칠대신수라고 불리는 풍잔의 무재들은 어엿한 청년으로 성장한 것인데, 설무백의 눈에는 여전히 아이는 손지량이 무어나 심상치 않다는 기분이 들었는지 눈치를 보며 물었다.

"제가 무슨 잘못을 했나요?"

설무백은 웃는 낯으로 되물었다.

"왜 그런 생각을 하지?"

손지량이 머뭇거리다가 대답했다.

"그런 말씀을 하실 분이 아닌데, 그런 말씀을 하셔서…….'

설무백은 대수롭지 않게 말했다.

"세상은 네 눈으로 보는 것이 다가 아니다. 네 생각이나 판단
과 다른 것도 부지기수다. 그러니 네가 옳다고 생각하는 것이
정답이라고 확신하지 마라. 때론 옳지 않은 것이 정답일 수 있
는 모순이 자리한 바로 네 사는 세상이다."

손지량이 고개를 끄덕이며 말을 받았다.

"제 행동이 틀렸다고 말씀하시는 거군요."

수긍이 아니었다.

고개를 끄덕인 것은 무슨 말인지 알아들었다는 뜻이지 수긍
이 아닌 것이다.

설무백은 이미 예상한 태도로 별반 거부감 없이 대답했다.

"그야 나도 모르지. 방금 말했잖으냐. 이 세상은 옳지 않은
것이 정답일 수도 있는 모순투성이라고. 그건 너만이 아니라 내
게도 적용되는 말이다."

손지량이 역시나 영특하고 영악한 아이답게 곧바로 그의 의
중을 읽어 냈다.

"그러니 어디 한번 직접 느껴 보라는 말씀이시군요. 그동안
의 제 선택이 옳았는지 틀렸는지 말이에요."

설무백은 웃는 낯으로 어깨를 으쓱했다.

"내가 틀린 것일 수도 있겠지."

손지량이 잠시 뜸을 들이다가 이내 작심한 듯 두 눈을 빛내며 앞으로 나섰다.

"해 보겠습니다!"

설무백은 기꺼운 표정으로 고개를 끄덕이며 물었다.

"누구와 싸워 보고 싶으냐?"

손지량이 시선을 정기룡에게 주며 대답했다.

"이왕지사 하는 김에 저와는 반대되는 사람으로 하는 게 좋겠지요. 정기룡과 해 보겠습니다."

설무백은 기꺼이 동의했다.

"그래, 기룡이야 말로 너와는 정반대되는 곳에 서 있지. 그간 자신의 생각을 버리고 내 말만 따라왔으니 말이다."

그는 바로 정기룡을 호명했다.

"기룡, 나서라."

"옙."

정기룡이 짧게 대답하며 뚜벅뚜벅 앞으로 걸어 나와서 손지량을 마주했다.

그들의 시선이 하나로 붙었다.

설무백이 그런 그들을 주시하며 단호한 목소리로 선언했다.

"생사결이다! 죽고 싶지 않으면 죽여라!"

설무백의 예기치 않은 선언에 풍무관에 자리한 모든 사람이 충격에 휩싸였다.

한번 뱉은 말을 거두거나 번복한 경우가 거의 없는 설무백이기에 더욱 그랬다.

"저, 정말 생사결입니까?"

손지량이 크게 당황한 모습으로 눈이 커져서 설무백을 바라보며 묻고 있었다.

설무백은 무심하게 대꾸했다.

"생사결이 아니면 의미가 없다고 말한 것은 너다."

"······!"

절로 마른침을 삼킨 손지량이 당황한 기색을 애써 억누르며 정기룡을 향해 고개를 돌렸다.

하고 싶은 말이 있는 표정이었으나, 씨알도 먹힐 것 같지 않은 설무백의 태도에 포기한 것이다.

반면에 정기룡은 생사결이라는 말을 듣고도 설무백을 바라보지 않았다.

분명 나설 때와 달리 설렘과 두려움이 공존하는 눈빛으로 변했으면서도 시종일관 손지량만을 주시하고 있었다.

비무에 나선 순간부터 그가 상대할 사람은 손지량이지 설무백이 아닌 것이다.

그 상태로, 정기룡은 칼을 뽑아 들었다.

두 자도 되지 않고, 몽둥이처럼 투박한 박도였으나, 청마진기가 서리자 그 어떤 보도보다도 더 예리한 기세를 발산했다.

동시에!

쿵-!

정기룡은 조금도 기다리지 않고, 그 어떤 경고도 없이 불시에 땅을 박차며 신형을 날렸다.

생사결이라는 설무백의 말이 그의 뇌리에 각인된 까닭이었다.

"……!"

손지량은 당황했다.

그제야 서둘러 허리의 칼을 뽑아서 대항하려 했으나, 우선은 피하는 것이 먼저였다.

다급히 뒤로 물러나는 와중에 그는 겨우 칼을 뽑아서 쇄도하는 정기룡의 박도를 막았다.

깡-!

장내가 거친 금속성으로 뒤흔들렸다.

그 뒤로 손지량의 칼이 뒤로 밀렸다.

아무런 준비도 없이 갑작스럽게 뽑아 들어서 자세조차 엉성한 그의 칼로는 거칠고 무서운 기세로 휘둘러진 정기룡의 박도를 제대로 막을 수가 없었던 것이다.

수중의 칼끝이 높이 들리며 자세가 무너진 그를 향해서 정기룡의 박도가 다시 쇄도해 들었다.

쐐애액-!

예리한 파공음을 일으키며 섬광처럼 신속하게 공기를 가르는 박도의 서슬이 손지량의 오른쪽 어깨에서 왼쪽 옆구리를 잇는 선을 따라서 움직이고 있었다.

그러나 손지량은 그것은 분명하게 느끼면서도 그 어떤 방어의 동작도 취할 수 없었다.

분명 머릿속에는 지금 쇄도하는 박도를 막아 낼 수 있는 방법이 수도 없이 떠올랐으나, 그게 다였다.

그의 육체는 이미 정신의 지배를 벗어나 있었다.

선공을 빼앗기고 제대로 막지 못한 결과였다.

튕겨지는 칼끝은 당겨지지 않았으며, 물러나고 있던 신형은 중심을 잡기에도 버거웠다.

칼을 놓치지 않고, 볼썽사납게 나동그라지지 않은 것만도 다행이었다.

"아……!"

손지량의 눈빛이 경악에서 공포로 바뀌고, 다시 공포에서 허탈로 변하는 과정이 그림처럼 선명하게 드러났다. 그리고 끝내 그가 견디지 못하고 두 눈을 질근 감아 버린 그 순간, 한줄기 바람이 불어와서 그와 정기룡의 사이를 가로막았다.

설무백이었다.

드러나는 것들 (2)

설무백의 한 손은 손지량의 가슴에 있었다.

치거나 때린 것이 아니라 보호하려는 손짓이었고, 실제로 손지량의 전신은 그의 손에서 형성된 투명한 원구 속에 들어가 있었다.

설무백이 손지량을 위해 펼친 호신강기였다.

그러나 그보다 더 시선을 끄는 것은 설무백의 다른 손이었다.

그 손은 정기룡의 박도를 잡은 상태였다.

태산이라도 쪼갤 듯이 거칠고 날카롭게 휘둘러지던 정기룡의 박도가 아무런 타격도, 소음도 없이 그의 손아귀에 쥐어져 있었다.

"......!"

마땅히 전해졌을 느낌이 없자 상황의 변화를 감지하고 질끈 감았던 눈을 슬며시 뜬 손지량은 필설로 이루 다 형용할 수 없는 감정에 휩싸였다.

거악처럼 자리한 설무백 앞에서 사라진 죽음의 공포 대신에 찾아온 패배감과 그에 따른 수치와 더불어 여태껏 애써 고수하던 자신의 생각과 판단이 한낱 치기처럼 한심한 무용지물에 불과했다는 허무와 허탈감이 뒤섞인 혼란이었다.

반면에 정기룡은 어디까지나 평정심을 잃지 않았다.

설무백의 개입에, 그리고 엄청난 무위에 감탄하는 기색이 잠시 스쳤을 뿐, 묵묵히 칼을 거두며 물러나고 있었다.

손지량은 그 모습을 보며 또 한 번의 패배감에 휩싸였다.

정기룡은 그보다 어리면서도 그와 달리 감정에, 즉 승리에 도취되어 있지 않았고, 인정해야 할 것을 인정하며 수긍하는 절제된 감정을 유지하고 있었다.

그런 그의 귓가로 설무백의 목소리가 들려왔다.

"살다 보면 가끔 세상이 너무 쉬워 보이기도 하지. 하지만 그건 착각이다. 자만이고, 독선이라 마땅히 경계해야 한다. 나도 그런 시절이 있었다. 그때 선사께 들은 말을 네게 해 주마."

그는 손지량의 가슴에 대고 있던 손을 슬쩍 밀어서 거리를 만들며 말을 이었다.

"무인은 제아무리 지고지순한 경지를 이루었다고 해도 자만에 망하고, 근성에 패한다. 그러니 천 초를 펼칠 수 있는 자는 경계할 뿐, 두려워할 필요가 없으나, 한 초를 숙련한 자는 마땅히 두려워해야 한다."

"……!"

손지량은 한줄기 뇌전이 머릿속을 파고드는 느낌이었다.

아프고도 아팠다.

그는 절로 고개를 저으며 부정했다.

"저는 자만하지 않았습니다! 그저 제게 필요한 것을 배우고 익히려 했을 뿐입니다!"

설무백은 준엄하게 말했다.

"그게 자만이다. 다른 사람을 인정하지 않고 너 자신만을 인정한 것이 아니더냐."

"……!"

"무일을 봐라. 무일은 너처럼 다른 사람들과 제대로 어울리지 못하나, 너와 달리 다른 사람들을 인정한다. 네게 가문의 비전인 고루마공을 거리낌 없이 전해 준 이유가 그 때문이다. 너의 자질은 차치하고, 너라는 사람을 인정했기에 그럴 수 있었던 거다."

손지량의 눈빛이 크게 흔들렸다.

그게 아랑곳하지 않고 냉정한 설무백의 말이 이어졌다.

"그런데 너를 봐라. 다른 사람을 인정하지 않는다. 너 자신의 선택만이 옳다고 생각한다. 게다가 뭐라? 동냥하듯 한 수씩 배왔다고?"

설무백의 목소리가 추상같이 변했다.

"동냥의 주체가 누구더냐? 설마 동냥하는 사람이라고 생각하는 거냐? 틀렸다. 동냥의 주체는 동냥하는 사람이 아니라 동냥을 주는 사람이다. 검노가, 예노가, 환노와 천노, 풍사와 융사가 왜 아무런 거리낌 없이 네가 원하는 절기를 나누어 줬는지 한 번이라도 생각해 본 적이 있느냐?"

지금 설무백의 입에서 나온 이름들이 바로 손지량의 요구에 따라 자신의 절기를 전해 준 사람들이었다.

설무백은 잠시 스쳐 지나간 손지량의 태세와 동작만을 보고도 능히 그것을 간파할 수 있었던 것이다.

"흑흑……!"

손지량은 결국 그 자리에서 털썩 무릎을 꿇으며 흐느껴 울었다.

옳다고 생각한 자신의 모든 것이 틀렸다는 생각이 들자, 감당하기 어려운 막연한 후회와 미안함이 몰려와서 하늘이 무너지고 땅이 꺼지는 기분에 휩싸여 버린 까닭이었다.

설무백은 잠시 그대로 손지량이 울도록 내버려 두었다.

전생의 그도 이럴 때가 있었다.

몸은 자랐으나, 마음의 성장이 따라가지 않으면 누구나 다 이런 실수를 하기 마련이었다.

이윽고, 손지량의 울음이 잦아들자, 그는 근엄하나 부드러워진 목소리로 물었다.

"조급했더냐?"

손지량이 대답했다.

"죄송합니다."

인정이었다.

설무백은 가만히 웃었다.

변명하지 않는 손지량의 태도가 마음에 들었다.

"실수는 누구나 다 한다. 그렇게 이해하마. 대신 이번 일로 좌절하고 절망해도 좋지만, 포기는 하지 마라. 너는 싹수가 있는 아이다. 그래서 내가 너를 풍잔으로 데려온 거니, 부디 나를 실망시키지 않길 바란다."

손지량이 눈물과 콧물이 뒤범벅된 얼굴을 들어서 설무백을 올려다보았다.

설무백은 부드러운 미소를 짓고 있었다.

손지량은 그런 설무백의 모습이 너무 눈부시다고 생각하며 바로 이마를 바닥에 찧었다.

"절대! 절대로 실망시켜 드리지 않겠습니다!"

"기대하마."

설무백은 웃는 낯으로 고개를 끄덕이며 돌아섰다.

그제야 눈치를 보며 지켜보고 있던 무일과 비풍 등이 우르르 손지량에게 몰려들었다.

설무백의 입가에 맺힌 미소가 그 모습에 더욱 흐뭇해졌다.

그렇게 풍무관을 나서는 그의 전면에서 거구의 사내가 쿵쿵 지축을 울리며 달려왔다.

이제는 풍잔의 문지기로 완전히 자리 잡은 위지건이었다.

설무백의 면전에서 왠지 모르게 다른 사람들의 눈치를 보던 그가 이내 조심스럽게 말했다.

"하남의 상인들이 특산물을 가지고 방문했습니다."

⁂

하남에서 특산물을 가져왔다는 상인들은 여섯 명이었고, 풍 잔의 제일 객청으로 안내받아 설무백을 기다리고 있었다.

허름한 복색에 방립을 쓰고 있는 그들은 오랜 여행에 지친 보통의 상인들처럼 꼬질꼬질한 모습으로 보였지만, 안으로 들 어서는 설무백을 보고 하나둘씩 방립을 벗자 다들 여독에 지친 눈빛이 전혀 아니었다.

그럴 수밖에 없는 것이, 그들은 위지건의 보고처럼 상인이 아니라 무림인들이었기 때문이다.

민머리의 승려와 도관을 쓴 도사, 그리고 정말로 꼬질꼬질한 비렁뱅이 복색의 사내까지 섞여 있는 사람들, 바로 무당속가제 일인인 산동대협 용수담을 비롯해서 소림의 숨겨진 고수, 어쩌 면 당대 소림제일인일 수도 있는 아라한 정각과 아미속가제일 인인 빙녀 희여산, 남궁세가의 실세인 철혈여제 남궁유아, 호남

제일검이자 무림맹의 신임총사인 서문세가의 원로 서문하, 화산의 신성으로 화산검귀라는 별호를 얻은 무허, 개방의 후개인 천이탁 등, 설무백이 기다리고 있던 무림맹의 고수들이었다.

"……그나저나 우리가 너무 늦은 건 아닌지 모르겠소."

인사를 끝내기 무섭게 용수담이 겸연쩍어 했다.

"아닙니다. 가장 빠르네요. 장강과 황하, 녹림은 아직 도착 전입니다."

설무백은 가볍게 웃는 낯으로 사정을 설명하며 자리를 권했다.

그의 말마따나 약속되어 있는 세력들 중에서 무림맹이 가장 먼저 도착한 것이다.

사람들이 자리에 앉자, 그는 늘 그렇듯 바로 본론을 꺼냈다.

"그래, 어떻게 됐습니까?"

용수담이 씁쓸해진 표정으로 변해서 대답했다.

"과연 설 대협의 혜안대로였소. 한 달 후라는 거사의 시간을 발표하자 소림과 무당을 포함한 모든 문파의 내부에서 수상한 움직임이 포착되었소."

설무백은 신중해져서 확인했다.

"물론 사전에 언질한 대로 다들 태를 내지는 않으셨겠지요?"

"물론이오. 다들 극도로 조심하며 외면하고 있다고 하오. 다만……"

힘주어 고개를 끄덕이며 대답한 용수담이 말미에 걱정스러운 표정으로 물었다.

"다들 조바심을 내고 있소. 언제까지 이렇게 모르는 척 외면해야 하는지 몰라서 말이오."

설무백은 슬쩍 남궁유아를 일별하며 말했다.

"남궁 군사에게는 언질을 해 두었는데, 얘기해 주지 않던가요?"

남궁 군사, 바로 남궁유화를 두고 하는 말이었다.

남궁유아가 어깨를 으쓱하는 사이, 희여산이 나서며 대답했다.

"얘기를 들어서 더 그래요. 거사의 시기를 연기할 거라고 하는데, 내부에 있는 간세를 처리하지 않는 상태에서 그것만으로 무슨 대안이 될까 다들 의심하는 거죠."

설무백은 피식 웃는 낯으로 고개를 끄덕였다.

예상하고 있던 반응이었기 때문이다.

남궁유아가 투박한 성격의 여자답게 그런 그의 태도를 꼬투리 잡았다.

"웃네요? 대책이 있다는 뜻이겠죠?"

설무백은 어깨를 으쓱하며 대답했다.

"앞으로 이런 저런 핑계를 대서 거사 시기를 보름 씩 세 번 연기할 거요. 그리고 이건 대책이 아니라 애초에 내가 생각한 계획이오."

"……!"

좌중 모두의 눈이 휘둥그레졌다.

그게 무슨 대책이냐는 황당한 표정들이었다.

그러나 실제로 그게 애초에 설무백이 준비한 계획이었다.

애초에 한 달 후 출정이라는 거사 계획은 구대 문파를 포함한 각대 문파의 내부에 침습해 있는 마교의 간세를 색출하기 위한 고도의 기만술에 불과했다.

그리고 그것은 한 번으로 족하지 않았다.

설무백의 계획은 마교의 간세를 색출해 내는 것에서 끝나지 않고, 그들을 역으로 이용하는 계책인 반간계(反間計)까지 이어져 있었기 때문이다.

거의 모든 좌중이 당황한 기색을 드러내는 참인데, 한 사람이 그의 그런 계책을 읽었다.

"반간계!"

소림 무승의 최고 자리라는 아라한 정각의 말이었다.

설무백은 슬쩍 정각을 보며 물었다.

"어째 사람들과 함께 나섰다 했더니, 무언수행이 끝난 건가?"

정각이 어색해진 표정으로 설무백의 시선을 마주하며 소림사 특유의 한 손 합장을 했다.

"소승의 무언수행은 그날 설 대협을 만난 이후에 이미 깨졌지 않습니까."

"그랬나?"

설무백은 머쓱해졌다.

당시 워낙 바쁜 시기라 기억이 가물가물하긴 하지만, 정각과 대화를 나눈 기억이 나기는 했다.

불법에 대해 무지한 그는 그 이후 다시 무언수행이 이어지는 것으로 생각했던 것이다.

"어쩐지 그래서 평소 제아무리 사소한 것도 꼬장꼬장하게 챙기던 계집애가 그리 우르르 몰려갈 필요 없다고 했던 거군."

남궁유아의 투덜거림이었다.

남궁유화를 두고 하는 말일 텐데, 무림맹의 군사인 남궁유화를 사람들 앞에서 대놓고 계집애라고 부를 수 있는 사람은 천하에 그녀가 유일할 터였다.

"와 봤자 별거 없다는 것을 알고 있었던 거야, 그 계집애. 알면 얘기를 해 줄 것이지, 앙큼하게……!"

"얘기해 줬어도 소용없었을 거요."

무당파의 무허가 어색한 미소를 흘리며 남궁유화의 말을 자르고 나섰다.

"누구도 설 대협의 말을 듣기 전에는 쉽게 믿으려 하지 않았을 테니까 말이오."

남궁유화가 대답을 못하고 사내처럼 쩝쩝 입맛을 다셨다.

그녀가 생각해도 그럴 것 같았던 것이다.

그때 용수담이 나서며 물었다.

"그럼 간세들을 처리하는 건 한 달 보름 후가 되는 거요?"

설무백은 고개를 끄덕이며 대답했다.

"일거에 처리해야 합니다. 어느 곳의 누구도 저들에게 연락할 기회를 주지 않아야 우리가 보름의 시간을 벌 수 있으니까요."

"하면……?"

용수담의 눈이 빛을 발했다.

좌중의 모두가 그와 같은 표정으로 눈을 빛내며 설무백을 바라보고 있었다.

설무백은 그들의 기대에 부응하듯 힘주어 말했다.

"예, 그때 출발합니다!"

용수담을 비롯한 모든 사람이 서로서로 눈빛을 교환하며 고개를 끄덕였다.

처음 설무백의 말을 들었을 때의 황당함은 사라지고 더 할수 없는 믿음과 확신이 자리한 눈빛들이었다.

그때 밖에서 인기척이 들리더니, 객청의 문이 열리며 위지건이 들어왔다.

"저기……."

위지건이 좌중의 눈치를 보며 설무백을 향해 말했다.

"심마니들이 약초를 팔겠다고 찾아왔습니다."

약초를 팔겠다고 풍잔을 방문한 심마니들은 당연하게도 녹림십팔채의, 보다 정확하게는 녹림칠십이채의 결맹인 녹림맹의 홍호자(紅鬍子 : 산적을 이르는 흑화)들이었다.

그리고 그들의 수좌는 설무백과 인연이 깊은 녹림도총표파자 산귀의 막내 의제인 허저였다.

허저는 그동안 녹림도 총표파자인 산귀가 배반자를 척결하며 녹림도를 재편하는 와중에 명성을 떨쳐서 마침내 천인사도(天刃死刀)라는 별호를 얻었고, 당당히 녹림맹의 핵심 인물 중 하나로 부상하는 중이었다.

하지만 허저는 조금도 변하지 않았다.

범강장달같이 험악하게 생겨 먹은 홍호자들을 열두 명이나 이끌고 풍잔을 방문한 그는 자리가 사람을 만든다는 말을 증명하듯 제법 위엄을 갖춘 모습이었으나, 지난날의 속 깊은 태도 그대로 깍듯하게 설무백을 대했다.

다만 설무백은 그런 허저와 오랜 시간을 보낼 수 없었다.

곧바로 다른 손님들이 풍잔을 방문했기 때문이다.

"황하의 소금장수들과 장강의 어부들이 우리 풍잔과 거래를 트고 싶다고 찾아왔습니다."

당연하게도 황하의 소금장수들은 황하수로연맹의 전령이었고, 장강의 어부들은 장강수로십팔타의 수적들이었다.

미욱해 보이긴 해도 정말 미욱하지는 않은 위지건이었지만, 워낙 거물들이 동시다발적으로 방문하자 실체를 감추고자 하는 작명이 한계에 달한 모양인지 대놓고 황하와 장강이라는 말을 가져다 붙인 것이다.

"오랜만이오, 설 형."

"오랜만이다, 설 가."

느낌상 같으면서도 다른 두 사람, 이제는 황하수로연맹의 실세로 자리를 굳힌 강상교와 여전히 장강의 독불장군으로 명성을 떨치고 있는 하백의 인사였다.

예상치 못하게도 그들이 직접 서너 명의 수하들만을 이끌고 풍잔을 방문했던 것이다.

"뭐야? 그저 믿을 만한 사람을 보내면 되는 일 가지고 왜 이렇게 직접 행차한 거야?"

"그게, 부탁이 있어서……!"

우습지 않게도 강상교와 하백이 약속이라도 한 듯 이구동성으로 말하고는 서로가 저마다 의외였는지 머쓱해진 표정으로 시선을 교환하고 있었다.

이윽고, 강상교가 말했다.

"먼저 말씀하시지요."

하백이 아니 됐다는 듯 슬쩍 손을 들어 보이며 양보했다.

"아니, 당신이 먼저……!"

강상교가 멋쩍게 웃으며 거듭 양보했다.

"아니외다. 본인은 지극히 개인적인 문제라서……."

하백이 어색한 표정으로 따라 웃었다.

"나도 그런데……?"

설무백은 탁자를 두드려서 그들, 두 사람의 시선을 끌며 말했다.

"두 사람 다 제사보다 젯밥에 더 관심이 있는 것 같군. 그럼 나중에 다시 올 테니, 둘이 잘 의논해서 순서가 결정되면 연락해. 내게 이래 봬도 바쁜 몸이라서 말이야."

하백이 재빨리 말했다.

"내가 먼저 말하지."

설무백은 짐짓 냉정하게 쏘아붙였다.

"젯밥 말고 제사 얘기부터 듣도록 하지."

"깐깐하게 굴기는……!"

하백이 한마디 투덜거리고 나서 재우쳐 말했다.

"네 말대로야. 거사의 시기를 밝히니 남몰래 움직이는 애들
이 몇 있더군."

"물론 건드리지 않았겠지?"

"그러라고 했잖아. 네가 시키는 대로 잘 지켜보고만 있어."

설무백은 묵묵히 고개를 끄덕이며 시선을 돌려서 강상교를
바라보았다.

강상교가 기다렸다는 듯 말했다.

"우리 역시 마찬가지요. 거사의 시기를 밝히자 설 대협의 예
측대로 은밀하게 평소와 다른 움직임을 보이는 자들이 있소.
물론 본인 역시 설 대협의 당부대로 내색치 않고 지켜보는 중
이고 말이오."

하백이 성마른 성격답게 불쑥 끼어들며 물었다.

"이제 어떻게 하면 되는 거야? 거사일이 며칠 남지도 않았는
데, 언제까지 지켜보고만 있어야 하는 거냐고?"

설무백은 대수롭지 않게 대꾸했다.

"돌아가거든 거사 일이 보름 뒤로 미루어졌다고 얘기해. 그리고 그냥 계속 지켜봐."

"잉?"

하백이 황당한 표정으로 굳어졌다.

설무백은 그러거나 말거나 시선을 돌려서 강상교를 바라보며 다시 말했다.

"그쪽도."

강상교가 타고난 책략가답게 말꼬리를 잡았다.

"어째 거사의 시기가 단지 보름 후로 미루어진 것으로 들리지 않는구려. 뭐가 더 있는 거요?"

설무백은 잠시 미간을 찌푸리다가 이내 한숨을 내쉬며 앞으로의 계획을 말해 주었다.

"벌써 같은 말을 세 번째 하는 거라 확 짜증이 나려고 하니까, 두 사람 다 잘 들어. 앞으로 거사 일정을 보름 씩 세 번 미룰 거야. 그리고 마지막 세 번째가 되는 날 모든 간세들을 일거에 제거하고 나설 예정이야."

하백이 오만상을 찡그리며 짜증을 냈다.

"왜 그래야 하는데?"

강상교가 설무백을 대신하듯 자신의 예상을 드러냈다.

"그렇게 해서 보름의 시간을 벌려는 것이구려."

하백이 그건 또 무슨 말이냐는 듯 두 눈을 끔뻑이며 강상교를 바라보았다.

설무백은 그런 그를 향해 자못 매서운 눈총을 주었다.

"잘해라. 너 이러다가 잘 못하면 황하에게 잡아먹히겠다."

강상교가 화들짝 놀라며 어색한 웃음을 흘렸다.

"무슨 그런 무서운 농담을……!"

그는 사뭇 정색한 얼굴로 하백을 향해 더 없이 정중하게 공수하며 말했다.

"절대로 아니외다. 황하의 물은 절대 장강을 침범할 일이 없소이다."

하백이 피식 웃었다.

"농담이 안 통하는 사람일세."

그러고는 설무백에게 시선을 주며 거만하게 말했다.

"봤지. 나는 적어도 농담을 농담으로 받아들일 수 있는 사람이다. 그런 면에서는 내가 더 낫지. 안 그래?"

설무백은 가볍게 따라 웃으며 고개를 끄덕였다.

"그래, 그건 부정할 수 없겠다."

하백이 기분 좋다는 듯 낄낄 대며 웃다가 이내 한숨을 내쉬며 말했다.

"아무려나, 세 번을 더 놈들을 속여야 한다 이거네. 놈들이 우리 계획 자체가 진짜인지 가짜인지 반신반의하게 말이야."

정확했다.

하백이 짜증스럽게 반문했던 것은 설무백의 계획을 이해하지 못해서가 아니라, 그저 세 번을 더 간세들을 속여야 한다는

천하제일
주인

사실 자체가 구차하다고 생각했기 때문인 것이다.

"알았으면 됐고."

설무백은 피식 웃으며 말을 자르고는 말문을 돌렸다.

"자, 이제 어디 한번 개인적인 얘기나 좀 들어 보자. 대체 무슨 일인데 그래?"

"다른 게 아니라⋯⋯."

하백이 씩, 하고 얄궂게 보이는 미소를 보이더니 슬쩍 고개를 돌려서 뒤쪽에 서 있는 동곽무를 일별했다.

그는 이번 행보에 동곽무를 대동했던 것이다.

"저 녀석 나에게 아주 줘라. 내가 정말 잘 키워서 쓸게."

설무백은 묵묵히 고개를 끄덕였다.

기실 그는 상당한 시간이 지났음에도 동곽무가 풍잔으로 돌아오지 않고 있음을 알았을 때부터 언제고 이런 일이 벌어질 수도 있다는 생각을 하고 있었다.

다만 이건 하백의 뜻만은 아닐 터였다.

우선은 하백이 동곽무의 재능을 마음에 들어 했을 수도 있지만, 기본적으로 동곽무가 그의 생각에 동의하지 않고는 벌어질 수 없는 일이었다.

그가 아는 동곽무는 그 정도로 대가 센 아이인 것이다.

그래서 그는 반쯤은 수긍하고 반쯤은 포기한 마음으로 거듭 고개를 끄덕이며 말했다.

"다른 사람의 인생을 내 마음대로 결정할 수는 없지. 하물며 저 아이, 동곽무는 대취옹 동곽 선생의 후손으로, 나보다는 너와 더 밀접한 관계를 가지고 있기도 하고. 그러니⋯⋯."

말꼬리를 늘인 그는 슬쩍 시선을 돌려서 동곽무를 바라보며 물었다.

"너의 생각을 알고 싶구나."

동곽무가 기다렸다는 듯이 입을 열었다.

"죄송하지만, 저의 생각을 말씀드리기 전에 사부님께 한 가지 물어볼 것이 있습니다. 허락해 주시겠습니까?"

설무백은 허락에 앞서 선부터 그었다.

동곽무의 태도에서 이미 변하기 어려운 결정을 내렸음을 읽었기 때문이다.

"사부라니 가당치 않다. 너는 나에게 구배지례를 올린 적이 없으며, 나 또한 너를 제대로 가르친 적이 없질 않느냐. 물론 질문은 허락한다. 말해 봐라. 무엇이 알고 싶으냐?"

동곽무가 무심한 듯 냉정한 설무백의 태도에 못내 소침해진 모습을 보이다가 이내 작심한 눈빛을 드러내며 말했다.

"불의한 재물을 가지고 있는 자의 재물을 뺏어서 억울하게 가지지 못한 자에게 나누어 주는 것을 어떻게 생각하십니까?"

설무백은 대답에 앞서 슬쩍 하백을 보았다.

하백이 그의 시선을 피하며 딴청을 부렸다.

설무백은 못내 실소하며 말했다.

"역시 너는 이미 마음의 결정을 내린 것 같구나. 그러니 나는 너를 설득하려 들지 않겠다. 그 어떤 말로도 너를 설득할 수 없음을 알기 때문이다."

동곽무가 당황한 듯 낯빛을 붉혔다.

그 반응 하나로 그가 이 자리에 오기 전까지 얼마나 많은 생각을 했는지가 드러나는 것 같았다.

그는 오히려 설무백에게 자신의 결정을 설득하려 했던 것이다.

설무백은 그런 동곽무를 사뭇 부드러운 눈빛으로 바라보며 다시 말했다.

"대신 너에게 이거 하나만 당부하마. 가진 자는 무조건 나쁘게 재물을 모은 것이고, 가지지 못한 자는 무조건 억울하게 당한 약자라는 생각은 버려라. 그건 극히 잘못된 생각이다. 가진 것이 많다고 해서 무조건 나쁜 놈이라고 한다면 이 세상에는 그것이 무엇이든 애써 땀 흘리고 일해서 가지려는 사람이 사라질 거다. 너도 그런 세상이 옳다고는 생각하지 않겠지?"

"......."

동곽무는 대답하지 않고 침묵을 지켰다.

설무백의 말을 인정하면서도 끝내 결정을 바꿀 마음은 들지 않기에 선뜻 대답하지 못하는 것이다.

설무백은 그런 동곽무의 마음을 읽고는 미소를 보여 주며 말했다.

"하백이 비록 수적에 불과하나 제법 출중하고 나름 뜻도 있고 하니, 제대로 배우고 크거라. 나는 그것으로 족하다."

동곽무가 그제야 털썩 무릎을 꿇으며 고개를 숙였다.

"허락해 주셔서 감사합니다! 비록 떠나지만 저를 받아 주고 뜻을 이룰 수 있도록 도와준 풍잔의 은혜는 결코 잊지 않겠습니다!"

설무백은 기꺼이 고개를 끄덕이며 시선을 돌려서 하백을 바라보며 짐짓 엄포를 놓았다.

"애 잘못 키우면 알지? 하늘을 두고 맹세하는데, 장강의 역사가 너의 대에서 끝나도록 해 줄 테니까, 몸 사리고 잘해라, 응?"

딴청을 부리고 있던 하백이 고개를 돌려서 설무백의 시선을 마주하며 실소했다.

"너니까 받아 준다, 그 농담. 그리고 걱정 붙들어 매라. 나보다 더 나 같은 사람으로 키울 작정이니까."

"너 같은 사람이 좋은 사람이라는 거냐, 지금?"

"너는 그럼 싫냐, 내가?"

"아직 싫진 않으니, 일단 두고 보기로 하지."

설무백은 피식 웃으며 대꾸하고는 우거지상으로 변하는 하백을 외면하며 강상교에게 시선을 주었다.

"그쪽의 개인적인 일은?"

강상교가 그들의 대화를 흥미롭게 지켜보다가 갑작스럽게 자신에게 돌려진 설무백의 시선에 당황한 듯 말을 더듬었다.

"아, 그러니까, 그게…… 지극히 개인적인 일이오."

설무백은 어째 묘한 기분에 사로잡히며 채근했다.

"그러니까, 어떻게 지극히 개인적인 일인지 말해 보라고."

강상교가 헛기침으로 분위기를 쇄신하며 진지하게 변해서 말했다.

"아무도 그를 의심하지 않지만 본인은 그가 의심스러운데, 본인의 능력이 부족해서 확인할 길이 없소."

설무백은 눈을 빛냈다.

지극히 개인적인 일이라고 하지만 전혀 그렇지가 않다는 생각이 바로 들었다.

그는 절로 뇌리를 스치는 이름을 말했다.

"혹시 그가 일전에 전 맹주인 수조일옹 가소유가 실종된 이후 맹주로 추대된 흑대망(黑大蟒) 완소(完騷)인가?"

뜬금없이 나온 황하수로연맹의 신임맹주 이름에 장내의 모두가 어리둥절해했으나, 오직 한 사람 강상교만은 달랐다.

대번에 안색이 굳어 버린 강상교는 본의 아닌 것처럼 주변의 눈치를 보다가 이내 인정했다.

"그렇소!"

그러고는 거듭 힘주어 강조했다.

"본인은 실로 그가 의심스럽소!"

같은 시각, 상황은 달랐지만 실로 어리둥절하는 사람이 여기도 있었다.

구중궁궐 구중심처에 자리한 집무실인 건청궁에서 개국공신이기 이전에 국구(國舅)인 위국공을 비롯한 몇몇 중신들과 함께 제독동창 조위문을 마주한 당금 황제, 영락제 주체였다.

"사라졌다?"

황제의 반문에 조위문은 실로 안절부절 어쩔 줄을 몰라했다.

하지만 황제의 질문에 대답하지 않을 수는 없고, 그가 할 수 있는 대답은 오직 하나뿐이었다.

"예, 그게, 그렇다는 보고를 지금 막 받았습니다. 출정한 병사들은 거의 다 무사히 회군했으나, 설 장군과 위 장군, 그리고 그 휘하의 막료들은 돌아오지 않았답니다."

황제가 나직이 추궁했다.

"제대로 말해 보게. 앞서는 사라졌다 하고, 지금은 돌아오지 않았다 하니, 무슨 말인지 선뜻 이해하기가 어렵군."

조위문은 진땀을 흘리며 대답했다.

"사라졌습니다. 장성을 넘어서기 전부터 이미 보이지 않았다고 합니다."

황제가 사뭇 이해할 수 없다는 표정을 지으며 물었다.

"지금의 대답도 실로 이해하기 어렵군. 일전에 내게 전하기는 그분들의 일거수일투족을 지켜보는 눈이 있다고 하질 않았나? 한데, 지금의 말은 어째 그들이 아니라 다른 사람을 통해서 들은 듯하이?"

조위문이 거듭 진땀을 닦으며 대답했다.

"말씀드리기 부끄럽사옵니다만, 그들도 사라졌습니다."

"그분들을 지켜보던 창공의 눈도 사라졌다?"

"예, 일이 그리 되었사옵니다, 폐하."

황제는 묘하게 웃으며 물었다.

"그럼 결국 그대들의 계획은 시도조차 해 보지 못한 건가?"

조위문이 정말 말하기 싫지만 말할 수밖에 없는 처지에 놓인 사람이 다 그렇듯 한껏 일그러진 표정으로 고개를 숙이며 대답했다.

"아마도 그들은……!"

"그분들이다!"

황제가 추상같이 조위문의 말을 잘랐다.

"과인이 그대들의 충언을 인정하고 수용하긴 했으나, 그분들은 죄인이 아니라 개국공신들임을 잊지 마라!"

조위문이 기겁하며 자라목이 되어서 고개를 숙였다.

"죄, 죄송합니다, 폐하!"

황제가 실로 준엄하게 다시 말했다.

"다시 말해 보라."

조위문이 고개조차 들지 못한 채 다시 사정을 보고했다.

"아마도 그분들은 이미 사정을 예감하고 계셨던 모양입니다. 감시의 눈을 지운 것은 차치하고, 북경에 있던 식솔들마저 하루아침에 사라졌습니다. 이는 사전에 사정을 간파하지 않고는 절대 있을 수 없는 일입니다."

"그건 아닐 게야."

황제가 다시금 묘하게 웃는 낯을 보이며 고개를 저었다.

"내 그분들의 성정을 잘 알지. 그분들은 사정을 알았어도 그리 하지 않아. 이건 필시 아우가 개입한 게야. 아우만이 그분들의 고집을 꺾을 수 있지."

조위문도 이미 그와 같은 사정을 통감하고 있는 것 같았다.

그는 변명의 여지가 없다는 표정으로 털썩 무릎을 꿇으며 머리를 조아렸다.

"실로 소신이 미욱하고 미숙했음을 통감합니다, 폐하! 폐하께서 내리시는 그 어떤 꾸중이나 벌도 달게 받겠습니다, 폐하!"

황제는 대답 대신 슬쩍 고개를 돌려서 옆에 시립한 중신들을 바라보며 미간을 찌푸렸다.

"그대들은 왜 무릎을 꿇고 사죄하지 않는가? 이번 일을 계획한 것은 그대들이 아닌가?"

"폐, 패하, 죽을죄를……!"

자리하고 있던 중신들이 실로 몸 둘 바를 몰라 하며 무릎을 꿇고 머리를 조아렸다.

그러나 그대로 서 있는 사람이 하나 있었다.

신진관료이자, 소장파의 수장으로 자리매김한 호부상서 엄자성이 바로 그였다.

황제가 묘하다는 듯 불쾌하다는 듯 살짝 일그러진 눈가로 엄자성을 바라보았다.

"그대는 다른 할 말이 있다는 건가?"

엄자성이 다른 신하들과 달리 당당하게 대답했다.

"신하는 사사로운 이득을 취하지 않는 폐하의 손이요, 발일 뿐입니다, 폐하. 이번 일 역시 폐하의 재가를 받아서 거행한 일이 아닙니까, 폐하. 하니, 지금은 탓하고 잘못을 비는 것보다는 책임을 지고 수습하는 것이 우선이라고 생각합니다, 폐하."

장내의 모두가 뜨악한 표정을 지었다.

엄자성은 감히 이번 사태의 책임을 황제에게 돌리고 있는 것이다.

아니나 다를까, 황제의 표정이 사뭇 냉담하게 굳어졌다.

그 상태로, 황제는 입으로만 웃으며 말했다.

"그대의 말이 옳다. 그럼 우선 과인이 이번 사태를 어떻게 책임질 것인가부터 얘기해 주지. 과인은 매우 실질적이면서도 간단하게 책임질 생각이다. 이번 일이 옳은 일이며, 완결하고 무결하게 처리할 수 있다고 자신한 그대들 전부를 국문에 붙여서 형장으로 보내는 것으로 말이다."

장내가 찬물을 끼얹은 것처럼 조용해졌다. 아니, 얼음을 끼얹은 것처럼 싸늘했다.

당금 황제는 필요하다면 그게 무엇이든 그냥 하는 사람이었다.

비록 중신들의 주청이요, 간청이라고는 하나, 둘도 없이 신임하던 의제의 암살을 용인한 사람이 바로 지금 말하고 있는 당금 황제인 것이다.

황제가 크게 변한 장내의 분위기에 아랑곳하지 않고 입가의 미소를 한결 짙게 드리우며 재우쳐 물었다.

"그럼 이제 그대들이 이번 사태를 어떻게 책임질 것인지 들어 볼까?"

엄자성이 다른 중신들과 달리 담담한 태도를 견지하며 대답했다.

"우선 말씀드릴 것이 있습니다, 폐하. 이번 계획은 성공하지 못했으나, 그렇다고 실패한 것도 아닙니다, 폐하."

황제가 자못 거북한 눈빛으로 엄자성을 쏘아보며 말했다.

"무슨 얘긴지는 몰라도 들어 볼 테니, 제발 그놈의 폐하 소리 좀 빼고 말해라. 그래, 대체 어째서 그렇다는 거냐?"

"예, 폐……!"

엄자성이 습관대로 말하다가 이내 그치고는 다시 말했다.

"다름이 아니오라, 계획은 있었으나 아직 실행에 옮기지는 않았기 때문에 그렇습니다."

황제가 실소했다.

"그건 너무 작위적인 해석이 아니더냐. 엄연히 계획이 있었으며, 설 장군은 그걸 알았기에 자리를 피했음이니라."

엄자성이 당당하다 못해 뻔뻔스럽게 대답했다.

"이유 여하를 막론하고 그 계획을 아는 사람은 지금 이 자리에 있는 사람들뿐입니다. 고로 아직 일어나지도 않은 일을 두고 지레 겁먹고 자리를 피한 사람의 행동까지 책임질 이유는 어디에도 없다고 사료되는 바입니다. 하물며……!"

그는 미소까지 지으며 말을 더했다.

"계획을 실행에 옮기지 않았으나, 결과도 나쁘지 않습니다. 어쨌거나, 설 장군과 위 장군은 사라졌고, 다시 모습을 드러낼 이유가 없으니 말입니다. 황궁의 병권이 폐하가 아닌 다른 사람에게 쏠릴 우려가 사라지지 않았습니까."

황제가 웃는 낯으로 삐딱하게 엄자성을 바라보며 끌끌 혀를 찼다.

"지금 그대는 무언가 착각하고 있구나. 설마 그대는 설 장군이 이번 일을 간파했기에, 즉 그대들의 계략을 인지했기에 자리를 피한 것으로 생각하는가?"

엄자성이 어리둥절해했다.

"그게 아니라는 말씀이십니까?"

황제가 다시금 혀를 차며 말했다.

"그대는 설 장군을 몰라도 너무 모르는구나. 설 장군은 다른 사람이 그런 계획이 있음을 알려 주어도 자신의 눈으로 확인하기 전에는 절대 인정하지 않을 사람이다. 더 나아가서 설령 그런 계획이 있음을 사전에 알았다고 해도 모르는 척 칼을 맞으면 맞았지 절대 스스로 자리를 피할 사람이 아니다."

엄자성이 이해할 수 없다는 표정을 지으며 말을 받았다.

"하지만 폐하, 엄연히 설 장군과 위 장군은 이미 자리를 피했고, 가솔들마저 빼돌렸다 하지 않습니까.”

“그러니까!”

황제가 잘라 말했다.

“이건 절대 그러지 않을 설 장군을 그렇게 움직일 수 있는 사람이 이번 일에 개입했다는 뜻이다. 그리고 그럴 수 있는 사람은 내가 알기로 천하에 오직 한 사람뿐이다.”

엄자성이 도무지 모르겠다는 표정으로 눈을 끔뻑였다.

황제가 그런 그를 향해 거듭 혀를 차며 면박을 주듯 다시 말했다.

“비공이다. 아우가 나선 게야.”

엄자성이 그럴 리가 없다는 표정을 지으며 부정했다.

“비공이 이번 일을 알 수는 없습니다, 폐하.”

황제가 빙그레 웃으며 말했다.

“그렇게 자신 있으면 과인과 내기할까? 과인은 이 자리를 걸테니, 그대는 무엇을 걸 텐가?”

“……!”

엄자성이 대번에 바짝 얼어붙어 버렸다.

이 자리라고 함은 바로 황상의 자리였다.

즉, 그가 가진 그 무엇으로도 대신할 수 없음으로 지금 황제는 그의 목숨을 내놓으라고 하는 것이다.

그때 내내 침묵을 지키고 있던 위국공이 슬쩍 끼어들며 말했다.

"비공에게 한번 연락을 해 보심이 어떨까 합니다. 어차피 폐하께서는 일이 이렇게 되리라고 예견하지 않으셨습니까."

황제가 가만히 고개를 끄덕이며 대답했다.

"일단 병부시랑 계석이 돌아오면 얘기를 들어 보고 생각해 보도록 하지요."

위국공이 수긍했다.

"서두를 일은 아니니, 그도 나쁘지 않겠습니다그려."

황제가 가만히 고개를 끄덕이다가 이내 묘하게 웃으며 말했다.

"대신 설 장군과 위 장군을 위해서 준비한 것들은 그대로 두도록 하세요."

위국공이 예리하게 황제의 속내를 읽으며 물었다.

"비공에게 써 보시게요?"

황제가 짓궂은 개구쟁이처럼 히죽 따라 웃었다.

"재미있을 겁니다. 예전부터 아우의 능력이 어느 정도인지 정말 궁금했거든요."

위국공이 자못 굳어진 안색으로 말했다.

"꽤나 다칠 텐데요?"

황제가 웃는 낯으로 대답했다.

"내 허락도 없이 이번 전쟁을 끝냈으니 그 정도는 아우도 감수해야지요. 흐흐……!"

"아니요."

위국공이 고개를 저으며 재우쳐 말했다.

"우리 애들이 말입니다."

황제가 무색해진 표정으로 쩝쩝 입맛을 다셨다.

"그게 또 그런 가요?"

위국공이 다른 부연 없이 되물었다.

"애들에게 적당히 몸을 사리라고 말해 둘까요?"

황제가 사뭇 정색하며 고개를 저었다.

"아니, 그러지 마세요. 그럼 아무런 의미가 없지요. 그것조차 아우의 능력을 시험해 보는 것으로 하지요. 죽거나 다치거나 하는 자가 얼마나 나오는지가 아우의 마음을 대변하는 거 아니겠어요."

위국공이 수긍했다.

"그럴 수도 있겠군요. 알겠습니다. 아무런 언질 없이 본래 그대로 대기시켜 놓겠습니다."

황제가 기꺼운 표정으로 고개를 끄덕이고는 이내 다시 정색한 얼굴로 돌아가서 엄자성과 조위문을 향해 말했다.

"그대들도 애초의 계획대로 준비한 채 대기해. 상대만 바뀐 거다. 설 장군과 위 장군에서 아우, 비공으로. 내가 아는 아우라면 분명 이 일로 과인을 찾아올 테니 말이야."

그는 말미에 의미심장하게 웃으며 한마디 덧붙였다.

"물론 그대들도 찾아갈 테지."

엄자성이 이건 또 무슨 상황인지 모르겠다는 표정을 짓는 참인데, 조위문이 엄숙한 표정으로 말했다.

"황상께서도 아시다시피 성내와 황궁 내에 설치한 병진(兵陣)과 매복은 설 장군과 위 장군, 그리고 그 막료들을 상대로 준비한 함정입니다. 당연하게도 저 역시 그 속의 일원이고 말입니다. 제아무리 비공이라도 감당할 수 없을 겁니다."

황제가 대수롭지 않게 대꾸했다.

"그럼 그것대로 나쁘지 않은 거잖아? 어차피 설 장군과 위 장군을 제거하고 나면 싫든 좋든 아우도 쳐야 한다는 것이 그대들이 아직 과인에게 말하지 않은 계획의 일부라고 생각했는데, 그게 아니었던 거야?"

"……!"

조위문이 한 방 맞은 듯한 표정이 되었다.

황제가 그러거나 말거나 그런 그를 비웃듯 고개를 저으며 말을 덧붙였다.

"물론 당장은 아니겠지. 지금은 아우가 마교의 무리를 상대해야 하니까. 그러고 보니 마교의 무리를 상대하다가 죽기를 바랐을 수도 있겠군. 그런 건가?"

조위문이 꿀 먹은 벙어리가 되었다.

황제가 아직 그들이 주청하지 않은 계획까지 파악하고 있으리라고는 미처 예상하지 못한 것이다.

황제가 이내 끌끌 혀를 차고는 안심하라는 듯한 표정으로 조위문과 엄자성 등, 중신들을 둘러보았다. 그리고 예의 근엄한 목소리로 돌아가서 당부했다.

"다른 생각 말고 최선을 다해 보시오. 비공을, 아우를 죽일 수 있으면 죽여도 좋소. 핑계도 좋잖소. 과인이 허락한 일이니까."

그다음은 축객령이었다.

"더 할 얘기가 없으니, 이제 어서들 나가서 볼일들 보시오."

천외천의
주인

드러나는 것들 (3)

"아직 젊어서 그런가, 대가 너무 세군요."

조위문과 엄자성을 비롯한 중신들이 건청궁을 빠져나간 다음이었다.

위국공이 자못 걱정스러운 기색으로 말하고 있었다.

황제가 물었다.

"엄 상서 말입니까?"

"예."

위국공이 인정하며 말했다.

"하늘 높은 줄 모르고 설치는 혈기방장한 아이처럼 보여서 못내 걱정이 됩니다."

황제가 웃었다.

"괜찮아요. 다들 눈치만 보며 설설 기는 건 너무 재미없어요. 그런 녀석도 하나쯤은 있어야 황궁 생활이 무료하지 않지요."

귀국공이 은근히 근심을 더했다.

"비공이 그런 폐하의 신심을 제대로 알지 몰라서 말입니다."

황제가 대수롭지 않게 대꾸했다.

"알면 좋지만, 몰라도 상관없습니다. 과인은 다른 무엇보다도 속내를 들키는 것이 더 싫으니까요. 모름지기 황제라면 다른 누군가에게 속내를 들키는 우를 범하면 안 되는 거 아닙니까."

위국공이 수긍했다.

"그도 그렇군요. 하면……."

의미심장하게 말꼬리를 늘인 그가 넌지시 재우쳐 물었다.

"어디 한번 이 늙은이도 나서 볼까요?"

황제가 의외라는 표정으로 위국공을 쳐다보았다.

"나이가 들면 뼈가 부실해진다고 하던데, 그 연세에 그래도 괜찮겠어요?"

위국공이 누런 이를 드러내며 웃었다.

"노당익장(老當益壯), 노익장이라고 하지요. 비록 늙었지만 아직도 젊은 놈 서넛은 거뜬합니다."

"정 그러시면……."

황제가 따라 웃으며 허락했다.

"한번 해 보시던가?"

꧁꧂

황제의 축객령에 건청궁을 나선 중신들은 저마다 바쁜 걸음으로 뿔뿔이 흩어졌으나, 두 사람만큼은 떨어지지 않고 같이 이동했다.

조위문과 엄자성이 바로 그들이었다.

정확히는 발길을 서두르는 조위문을 엄자성이 따라붙은 것인데, 엄자성이 곧바로 그 이유를 드러냈다.

"궁금한 것이 있소."

"말해 보시오."

조위문은 발걸음을 늦추지 않고 무뚝뚝하게 대답했으나, 엄자성은 상관하지 않고 뒤를 따라가며 물었다.

"비공이 대단한 무인인 것은 알겠소. 그런데 그가 정말 폐하께서 말씀하시는 것처럼 그렇게나 대단한 무인인 거요?"

조위문이 그제야 발길을 멈추고 돌아서서 엄자성을 바라보며 되물었다.

"본인이 왜 처음에 이번 일을 반대했는지 아시오?"

"비공 때문이라는 거요?"

"물론이오. 다른 걸 다 떠나서 몽고의 아르게이가 물러가면서 폐하께 전한 말을 상기해 보면 엄 상서도 능히 짐작하리라 생각하오."

엄자성이 질끈 입술을 깨물었다.

"아무리 그렇다고 해도, 나는 믿을 수 없소. 이번 일에는 전임 금군대교두인 금의위 중랑장 공손벽이 나섰고, 그 휘하의 무관들은 물론, 이만 금의위가 배치되었소. 하물며 창공을 비롯한 동창의 고수들도 대기하고 있지 않소. 설령 신이라고 해도 절대 살아남을 수 없을 거요. 그러니……!"

그는 주변을 둘러보며 목소리를 낮추어서 강변했다.

"이참에 제거합시다! 아무리 봐도 폐하 역시 그것을 바라는 눈치였소!"

조위문이 실소했다.

"엄 상서는 보기보다 사리 판단이 어둡구려. 설마 비공을 죽여도 좋다는 폐하의 말씀을 진심으로 받아들이는 거요?"

엄자성이 눈을 빛내며 대답했다.

"그런 건 군이 따질 필요가 없소. 허락이 곧 폐하의 신심이니 말이오."

조위문이 삐딱하게 엄자성을 바라보았다.

"그거 꽤나 위험한 발상인 거 아시오?"

엄자성이 의미심장한 미소를 지으며 고개를 저었다.

"아니요, 전혀 모르겠소. 아니, 몰라야 하오."

조위문이 잠시 뜸을 들였다가 말했다.

"새삼 궁금하구려. 엄 상서는 왜 그렇게 설 장군과 비공을, 아니, 비공은 이제 나선 것이니, 설 장군이겠구려. 아무튼, 왜 그토록 설 장군을 배척하려 든 거요. 그분과는 아무런 은원 관계도 없지 않소."

엄자성이 추호도 망설이지 않고 대답했다.

"당연히 폐하를 위해서지 또 무슨 이유가 있겠소."

"어째서 그것이 폐하를 위하는 일이 되는 거요?"

"고인 물은 썩게 마련이오. 하물며 그게 아니더라도 설 장군은 너무 크고 너무 단단하게 그 자리에 있음으로 해서 곤란하오. 한편의 젊은 장수들에게는 걸림돌이 되고, 다른 한편의 젊은 장수들에게는 흠모의 대상이 되고 있으니까 말이오. 더는 오를 수 없다고 생각되면 다른 생각이 드는 게 인지상정이고, 흠모의 대상은 다른 누구보다도 우선시하는 것이 또한 인지상정 아니겠소."

조위문이 알 것도 같고 모를 것도 같지만, 역시나 이해하기 어렵다는 듯 고개를 저었다.

"본인은 잘 모르겠구려."

엄자성이 의미심장하게 말했다.

"모르시는 게 아니라 모르는 척 하시는 거겠지요. 이해하오. 창공은 무인이니 정치에는 관심이 없겠지요. 하나, 이것만은 알아 두시오. 폐하께서 왜 번왕(藩王) 제도를 폐지하고, 전에 없이 전국에 어사를 파견해 지방까지도 효과적으로 통제하시려는 거라고 생각하오?"

그는 대답을 기다리지 않고 웃는 낯으로 자신이 던진 질문에 스스로 답했다.

"바로 황권의 강화를 원하시는 거요. 신하된 도리로 그 점을 미리 알고 대처하는 것이 불경은 아니라고 생각하오."

"음."

조위문이 침음을 흘렸다.

수긍하는 것이다. 아니, 수긍하지는 못했을지 몰라도 인정하는 것이다.

엄자성이 그런 그를 예리하게 쳐다보며 물었다.

"아무려나, 그러는 창공께서는 어째서 이번 일을 묵과하신 거요?"

조위문이 그게 무슨 소리냐는 듯 슬쩍 엄자성을 쳐다봤다.

엄자성이 웃는 낯으로 다시 말했다.

"물론 반대하셨소. 하나, 적극적이지 않으셨소. 창공이 보다 더 적극적으로 반대했다면 폐하께서도 어쩌면 우리의 간청을 끝내 외면하셨을 수도 있었을 거라고 생각하오. 근데, 창공께서는 그러지 않았소. 본인이 보기에는 그저 시늉만 하셨소. 저번에도, 그리고 이번에도 말이오. 그러니 묵과하지요."

조위문은 잠시 여유를 두었다가 돌아서서 발길을 옮기며 대답했다.

회피였다.

"본인에게는 그대처럼 심대한 생각은 없소. 그저 지극히 개인적인 일일 뿐이오."

엄자성이 그런 그의 뒤를 따라붙으며 물었다.

"본인이 그걸 알아도 되겠소?"

조위문은 대답하지 않고 묵묵히 발걸음을 재촉했다.

엄자성이 물러서지 않고 집요하게 부탁했다.

"이유여하를 불문하고 이제 이 사람과 창공은 같은 배를 타고 있소. 이 사람은 우리가 서로의 문제를 나누어서 전혀 나쁠 것이 없다고 생각하오."

조위문이 잠시 뜸을 들이다가 대답했다.

"비공 때문이오."

"비공이오?"

엄자성이 어리둥절해했다.

조위문이 무거운 낯빛으로 변해서 다시 말했다.

"그는 내게 모욕감을 주었소."

엄자성이 바로 이해한 듯 눈을 반짝 빛냈다. 그리고 대놓고 노골적으로 물었다.

"하면, 그 대가로 목숨을 받으려는 거요?"

조위문이 고개를 젓고는 슬쩍 엄자성을 돌아보며 웃었다.

"그런 게 아니오."

엄자성이 자못 실망스러운 표정을 지었다.

"하면……?"

조위문이 새삼 발길을 재촉하며 대답했다.

"확인하고 싶은 거요. 과연 그가 내게 모욕감을 주어도 되는 사람인지. 그런 사람이라면 그건 이미 모욕이 아닐 테니까 말이오."

상황이 졸지에 반대로 변했다.

이번에는 엄자성이 알 것도 같고 모를 것도 같지만, 역시나 이해하기 어렵다는 듯 고개를 젓고 있었다.

"이 사람에게는 실로 이해하기 어려운 얘기구려."

조위문이 지나는 말처럼 한마디 툭 던졌다.

"그럴 수도 있소. 귀하가 생각하는 것처럼 나라는 사람은 무인이니까."

엄자성이 그럴 수도 있겠다 싶은 표정으로 고개를 끄덕였다.

조위문이 그런 그를 슬쩍 돌아보며 물었다.

"근데, 대체 언제까지 따라올 생각이오?"

"아……!"

엄자성이 깜빡했다는 표정으로 웃으며 대답했다.

"본인이 깜빡 말하지 않았구려. 금의위 쪽 인사들을 금불사로 오라고 일렀소. 의논해야 하지 않겠소, 다 같이."

조위문이 이채로운 눈빛으로 엄자성을 바라보았다.

"설마 일이 이렇게 되리라고 이미 예상하고 있었다는 소리요?"

엄자성이 어깨를 으쓱하며 대답했다.

"필부의 도량으로 감히 어찌 폐하의 흉금을 짐작할 수 있겠소만, 본인이 이거 하나는 확실히 알고 있소. 제왕의 덕목 중에 가장 중요한 것은 후안무치이고, 당금 황상께서는 그것을 가장 잘 알고 계시는 분이시라는 거요. 해서, 그런 분이시니 애써 준비한 무대를 그냥 사장시키지는 않으리라고 보았소."

그는 말미에 히죽 웃으며 부연했다.

"게다가 아니면 말고 아니오. 만약에 폐하께서 다른 결정을 하셨다면 아쉬움을 달래는 술자리라도 마련해 줘서 모두에게 두루두루 점수나 따면 그만이고 말이오."

조위문이 다시금 발걸음을 멈추고 돌아서서 미묘하게 일그러진 눈가로 엄자성을 바라보았다.

"이제 보니 그대는 정말 진심을 알아내기 어려운 사람이구려."

엄자성이 새삼 어깨를 으쓱하며 물었다.

"그게 문제가 되오?"

조위문이 사뭇 냉정하게 굳어진 얼굴과 눈빛으로 대답했다.

"물론 문제가 되오. 본인이 다른 누구도 아닌 동창의 수장이니 말이오. 설마 그대씩이나 되는 사람이 우리 동창의 임무 중에 관료들의 내사가 들어가 있다는 사실을 모르는 거요?"

엄자성이 처음으로 굳은 표정이 되었다.

조위문의 진지함이 위압적으로 받아들여진 모양이었다.

그러나 그는 곧 안색을 풀고 웃는 낯을 보이며 말했다.

"당금 황상의 은혜로 지금 이 자리에 있는 본인이 대체 무엇이 아쉬워서 다른 생각을 품겠소."

조위문이 어깨를 으쓱했다.

"그야 낸들 어찌 알겠소."

엄자성이 허허 웃고는 말했다.

"본인은 그저 진심이 읽히는 관료는 창고지기로도 쓸 수 없다고 생각할 뿐이오. 후안무치가 제왕이 가져야 할 가장 중요한 덕목이라면 관료가 가져야 할 가장 중요한 덕목은 기만이오. 내일 당장 재정이 바닥나도 오늘은 아무렇지도 않게 빈민구제에 나설 수 있어야만 진정한 관료인 거요. 해서, 조언하는데……."

말꼬리를 늘인 그는 웃음기를 지우며 진지한 태도로 말을 이어 나갔다.

"본인 같은 관료에게 진심과 거짓을 따지는 것은 실로 의미가 없는 일이오. 매사를 진심으로 보이도록 노력하기 때문이오. 듣자 하니 무인들은 목숨이 경각에 달리는 경우가 아니라면 지닌 바 능력의 삼 푼은 숨긴다지요?"

조위문은 대답하지 않았다.

진짜로 묻는 말이 아니라고 생각했기 때문이다.

실제로 그랬다.

엄자성이 대답을 기다리지 않고 바로 다시 말했다.

"우리 관료들은 더욱 그렇소. 그가 누구든 다른 사람에게는 마음의 극히 일부만 보여 줘야 하오. 제아무리 믿는 사람이라고 해도 마음을 열고 다 보여 주었다가는 틀림없이 언젠가 뒤통수를 맞게 되기 때문이오."

조위문이 지나가는 말처럼 불쑥 물었다.

"그게 황제폐하라도 말이요?"

엄자성의 안색이 다시금 변했다.

입은 웃고 있지만 눈빛은 한껏 굳어져 있었다.

그 상태로, 그는 대답했다.

"본인은 그렇지 않지만, 분명 그런 관료도 있을 거요. 그리고 그걸 탓하거나 나무랄 생각은 본인에게 없소."

조위문은 묵묵히 고개를 끄덕이며 희미하게 웃다가 불쑥 물었다.

"그 역시 꽤나 위험한 발상인 거 아시오?"

"……."

엄자성이 대답하지 않고 그저 물끄러미 바라보며 침묵을 지켰다.

당최 대화가 통하지 않는 사람이라고 생각하는 눈빛이었다.

조위문은 입가의 미소를 한결 더 짙게 드리우며 다시 말했다.

"그런 의미에서 귀중한 충고 하나 하겠소. 나는 그런 거 모르오. 내가 아는 건 이거요. 인간은 본디 현실에 만족하는 동물이 아니라는 것과 인간의 탐욕과 욕망은 똥구덩이 속에서도 꿀을 찾을 수 있다는 미련을 낳는다는 거요. 그러니 조심하시오. 그대의 그 기만이 되돌릴 수 없는 칼날로 돌아올 수 있소."

엄자성의 안색이 다시 한번 딱딱하게 굳어졌다.

그런 그를 아무렇지도 않게 외면하고 돌아선 조위문이 무심하게 발길을 재촉했다.

엄자성이 바짝 따라붙으며 말했다.

"추상적인 얘기는 무언가 심오한 뜻이 있는 것 같아서 멋있게 보일지는 몰라도, 막상 현실과는 거리가 있다오. 하니, 보다 직접적인 충고를 해 주기 않겠소?"

조위문은 시선도 주지 않고 대꾸했다.

"천 리 길도 한 걸음부터라고 했으니, 우선 그대가 비공에 대해서 얼마나 무지한지 알게 해 주겠소."

"어떻게 그걸……?"

"자연히 알게 될 거요."

엄자성의 말을 자른 조위문은 뒤도 돌아보지 않고 전방을 가리켰다.

"우리가 나누는 대화를 듣고 나면."

무언가 항변하려던 엄자성이 조위문이 손으로 가리킨 전방을 응시하고는 입을 다물었다.

그들은 이미 궁성의 동문을 나서서 작은 능선과 낮은 골짜기를 사이에 두고 마주선 두 개의 사찰 중 하나인 금불사의 산문을 지나고 있었다.

동창이었다.

호부상서 엄자성의 말대로 금불사의 후미에 자리한 동창의 모처에는 금의위의 인사들이 벌써 도착해서 동창의 수뇌진들과 함께 있었다.

전 금금대교두인 금의위 중랑장 공손벽을 비롯해서 신임 금군대교두 반태서(盤太瑞)와 두 명의 금의위 장수가 바로 그들이었다.

그 때문인 것 같았다.

조위문과 엄자성이 그곳에 도착했을 때, 장내의 분위기가 영 어색하기 짝이 없었다.

이해할 수 있는 분위기, 어쩔 수 없는 상황이었다.

당금 황상이 등극하면서 대내무반의 실권이 동창으로 넘어갔다.

처음에는 금의위의 임무를 하나둘씩 야금야금 빼앗아가더니, 어느 사이엔가 전권을 가져가 버려서 작금의 금의위는 동창의 하부기관과 다름없이 전락해 버렸다.

요컨대 동창의 모사들이나 요원들이 감찰을 통해 범죄의 실마리를 잡아내면 그 교모에 따라 큰 것은 동창이 나서고, 작은 것은 금의위 위사들을 보내서 해당 인사를 잡아 처벌하는 식의 수사가 이루어지고 있었다.

이는 황상의 전폭적인 지지 아래 뒤바뀐 사안이라 금의위로서도 불가항력의 일이었는데, 그렇기 때문에 더욱, 즉 자신들의 의지와 무관하게 벌어진 사태라 금의위 내부에는 동창에 대한 반감이 극대화되어 있어서 그들, 두 기관은 앙숙 아닌 앙숙이 되어 있는 것이다.

"……?"

다만 제독동창 조위문은 그런 장내의 분위기와 상관없이 못내 의문이 들었다.

금의위의 대영반 단목진양의 모습이 보이지 않아서였다.

제아무리 금의위 내에서 공손벽의 위상이 높다고는 하나, 수장인 단목진양과 비할 바는 아닌 것이다.

엄자성이 그런 조위문의 심중을 예리하게 간파한 모양이었다. 묻지도 않았는데, 먼저 사정을 말했다.

"대영반은 사라진 설 장군 등의 흔적을 수색하는 중이라고 하오. 본디 그쪽 지역에 가 있었으니, 아무래도 가만히 방관하고 있을 수는 없었겠지요."

조위문은 묵묵히 고개를 끄덕였다.

분명 핑계에 불과하다는 사실을 알지만 굳이 따지고 싶은 마음은 들지 않았다.

황실의 비밀스러운 전통에 따라 단목진양이라는 이름을 물려받은 당금 금의위 대영반은 그가 아는 다른 누구보다도 금의위에 대한 애착이 강해서 이런 자리에 나설 사람이 절대 아님을 익히 잘 알기 때문이었다.

"이쪽으로 앉으시지요."

내람첩형 당소기가 조위문에게 상석을 내주었다.

외람첩형 곽승은 보이지 않았다.

주위문이 자리에 앉기 전에 그걸 확인하듯 장내를 둘러보자, 당소기가 눈치 빠르게 다시 말했다.

"곽 첩형은 이번에 복귀한 장수들을 내사하고 있습니다."

조위문은 눈살을 찌푸리며 타박하듯 물었다.

"이제 와서 왜?"

당소기가 대답했다.

"설 장군과 위 장군만이 아니라 막료들까지 한꺼번에 사라졌는데, 여타 장수들이 모르고 있었다는 것은 문제가 있지 않겠습니까."

조위문은 끌끌 혀를 찼다.

"우리 애들도 몰랐다. 아무리 팔이 안으로 굽는다지만, 같은 조건에서 그들만 내사하면 어쩌자는 거야?"

당소기가 찔끔하며 대답했다.

"아무래도 우리보다는 그쪽과 더 가깝다는 생각에…… 그리고 우리 애들도 몇 데려가서 시늉은 하고 있습니다."

조위문은 새삼 혀를 차며 말했다.

"정말 생각들이 없네. 가뜩이나 이번 작전을 주도한 것이 황군이 아니라 우리 동창이라는 것 때문에 군부의 불만이 이만저만 아닐 텐데, 불난 집에 부채질을 하고 있으면 어쩌자는 거냐? 꼴사나운 짓 그만하고 어서 다들 귀가시키라고 해!"

"아, 예, 알겠습니다!"

당소기가 바로 고개를 숙이며 대답하고는 서둘러 밖으로 나갔다.

조위문은 마뜩찮은 표정으로 연신 혀를 차다가 뒤늦게 장형

천호 종리매에게 시선을 주며 양해를 구했다.

"혹시 몰라서 미리 밝히는 바이오만, 금의위의 수뇌부를 부른 건 본인이 아니라 여기 엄 상서의 뜻이오. 사실 이렇게 부를 만한 일이 벌어지기도 했고 말이오."

종리매는 동창의 장형천호로, 직급상으로 따지면 조위문의 예하인 내람첩형 당소기나 외람첩형 곽승보다도 아래이나, 따로 황상의 총애를 받으며 별정직에 속하는 육선문의 수장이라 조위문으로서도 지위 고하를 논하기 어려운 까닭에 하대는 물론, 가볍게 대할 수가 없는 것이다.

종리매가 가만히 고개를 끄덕이며 물었다.

"어떤 일이 벌어졌다는 거요?"

조위문이 못내 대답하기 껄끄러운 듯 쓰게 웃는 사이, 엄자성이 말을 가로챘다.

"계획이 약간 변경되었소."

"변경……?"

종리매가 고개를 갸웃하며 재우쳐 물었다.

"표적이 사라졌는데 무슨 변경을 한다는 소리요?"

엄자성이 대답했다.

"폐하께서 표적을 변경하셨소."

종리매가 어리둥절한 표정으로 조위문을 바라보았다.

조위문이 어깨를 으쓱하며 말했다.

"사실이오."

종리매가 대체 그게 무슨 말이냐는 듯 미간을 찌푸리자, 이번에도 엄자성이 조위문의 대답을 가로챘다.

"바뀐 표적은 비공이오. 폐하께서는 설 장군과 위 장군 등을 대신해서 비공을 표적으로 하라 이르셨소."

"하……!"

종리매가 실로 어이없다는 표정을 지으며 새삼스러운 눈초리로 조위문을 바라보았다.

"비공이 혹시 본인이 아는 그 비공이오? 설무백, 설 대협?"

조위문이 쓰게 웃으며 대답하려는데 다시금 엄자성이 말을 가로채고 나섰다.

"맞소. 바로 그 설……!"

"귀하!"

종리매가 냉담하게 변한 눈초리로 엄자성을 돌아보며 잘라 말했다.

"눈치가 없는 건가, 그냥 건방진 건가? 내가 지금 귀하에게 묻고 있었나?"

"……!"

엄자성이 당황해서 눈이 커졌다.

종리매가 그러거나 말거나 싸늘하게 말을 더했다.

"낄 때 끼시오. 이번 일을 주청한 것은 귀하를 포함한 중신들일지 몰라도 내게, 아니, 우리에게 명령을 내리신 분은 폐하시고, 내가 명령을 받는 사람은 폐하의 명령을 수령한 상관인 창공이오. 당신이 아니라!"

엄자성이 분노인지 수치심인지 모르게 안색이 썩은 대춧빛으로 물들었다.

종리매가 그게 아랑곳하지 않고 싸늘한 경고를 추가했다.

"참고로 나는 지금 병부도 아니고 호부의 귀하가 이 자리에 왜 있는 것인지조차 의문인 사람이니, 한 번만 더 주제넘게 나서면 가차 없이 내몰 테니 그리 아시오!"

엄자성은 아무런 대꾸도 하지 못한 채 조개처럼 입을 다물었다. 그냥 있을 때는 몰랐으나, 막상 기세를 드러낸 종리매의 눈빛은 무공의 무자도 모르는 그가 감당할 수 있는 것이 아니었던 것이다.

종리매가 그런 엄자성의 반응을 나 몰라라 외면하며 조위문을 향해 물었다.

"실로 그런 거요?"

조위문이 고개를 끄덕이며 대답했다.

"그렇소. 폐하께서는 차려 놓은 밥상이니 내친김에 비공의 무위를 한번 확인해 보고 싶다고 하셨소."

종리매가 이제야 알겠다는 듯 굳어진 표정을 풀었다.

"아, 그러니까, 그저 일종의 시험이라는 거구려."

조위문이 잠시 뜸을 들이다가 대답했다.

"한데 전력을 다하라 하셨고, 죽일 수 있으면 죽이라 하셨소."

"……!"

종리매의 눈이 휘둥그레졌다.

그만이 아니었다.

곁에 앉아 있던 이형백호 정소동도 대체 이게 무슨 말도 안 되는 얘기냐는 듯 크게 부릅떠진 두 눈을 끔뻑이고 있었다.

이윽고, 종리매가 정신을 가다듬은 표정으로 물었다.

"대체 폐하께서 왜 그런 결정을 하신 것 같소?"

"음!"

조위문이 무거운 침음을 흘리고 나서 대답했다.

"폐하의 흉중을 본인이 어찌 알겠소. 다만 유추하건데, 일정 부분 이번 사태에 대한 책임을 물으시는 것이 아닌가 싶소."

종리매가 이제야 무언가 감이 온다는 듯 눈을 빛내며 다시 물었다.

"이번 일을 추진한 것에 대한 책임을 말하는 거요, 아니면 이번 일을 반대한 것에 대한 책임을 말하는 거요?"

이번 토사구팽에 대한 주청은 중신들의 입에서 나왔다. 그리고 결국 그거 수락한 황제의 명령을 조위문 등, 무신들은 부정적인 의견을 내세우며 반대했었다.

주위문이 쓰게 웃으며 대답했다.

"둘 다인 것으로 느꼈소."

종리매가 새삼 묵직한 침음을 흘렸다.

듣고 보니 정말 그럴 수도 있다는 생각이 드는지, 그의 표정이 심각하게 굳어지고 있었다.

그러다가 그는 문득 안색을 바꾸며 다시 물었다.

"하면, 창공께서는 이번 폐하의 말씀은 어떻게 받아들이셨소? 반대하지 않으신 거요, 아니면 반대했으나 폐하께서 용인하지 않으신 거요?"

조위문이 잠시 머뭇거리다가 대답했다.

"솔직히 말하면 폐하의 말씀이 워낙 강경하시기도 했지만, 본인도 마다할 이유가 없었소."

종리매가 실로 당황스럽다는 표정을 지었다.

"마다할 이유가 없었다?"

조위문이 바로 말을 받아서 자신의 심중을 솔직히 밝혔다.

"본인 역시 비공의 능력을 확인해 보고 싶었기 때문이오."

종리매가 말문이 막힌 표정으로 조위문을 바라보다가 이내 장탄식을 흘렸다.

"본인도 무인이오. 어쩌면 창공보다도 더 뼛속까지 무인일 거요. 해서, 창공의 마음을 모르는 바는 아니나, 이건 정말 실수한 거요. 창공의 능력을 무시하는 것이 아니라, 본인도 그렇소. 비공은…… 설 대협은 우리가 상대할 수 있는 사람이 아니오."

조위문이 애써 웃는 낯으로 보이며 말을 받았다.

"본인도 알고 있소. 하나, 때론 알면서도 확인하고 싶을 때가 있지 않소. 지금의 본인이 그렇소."

종리매는 말만이 아니라 실로 조위문의 마음을 이해하는 것 같았다.

무언가 한마디 하려는 듯 입을 벌리다가 그저 한숨만 내쉬었을 뿐 더는 조위문의 선택을 타박하지 않았다.

대신 거듭 탄식을 흘리며 크게 비관했다.

"실로 많이 다칠 거요."

황당한 표정에서 무거운 표정으로 바뀐 채 침묵으로 일관하고 있던 이형백호 정소동이 지나가는 말처럼 한 수 거들었다.

"모르긴 해도 제대로 싸우면 절반 이상은 죽을 겁니다."

조위문이 묵묵히 고개를 끄덕이다가 문득 떠오른 기색으로 말했다.

"위국공께서 그 자리에 계셨소. 눈치를 보아 하니 그분도 나설 것 같소. 몰랐으면 모르되 알면서도 나서지 않을 분이 아니시니 말이오."

"그 어른도 다치겠네요, 젠장!"

정소동이 실소하듯 말을 더하다가 이내 무심결에 욕설까지 더하고는 재빨리 고개 숙여 사과했다.

"아, 죄송합니다!"

종리매도 그랬지만, 조위문도 여느 때와 달리 별로 신경 쓰지 않았다.

그들도 같은 기분으로 보였다.

그때 엄자성이 나서며 말했다.

"대체 이게 무슨 상황인지 나는 도통 이해할 수가 없구려. 공손벽 장군, 어디 한번 장군이 말씀해 보시오. 장군이 생각하기에도 이게 정말 이렇게나 비관할 일인 거요?"

공손벽이 짧고 간단하게 대답했다.

"그렇소. 이렇게나 비관한 일이오."

"하……!"

엄자성이 어이없다 못해 기가 막힌다는 표정으로 눈이 커져서 굳어졌다. 믿었던 공손벽의 입에서 이런 대답이 나올 줄은 정말 상상도 하지 못한 것이다.

"대체 왜 그렇다는 거요!"

엄자성은 이내 도끼눈을 뜨며 자리를 박차고 일어나서 모두를 향해 악을 썼다.

"대내무반에서 손꼽히는 그대들이 대체 어째서 그깟 야인 하나를 두고 이리도 벌벌 떠느냐 이 말이오!"

대답에 나서는 사람은 아마도 없었다.

대신 공손벽이 슬쩍 종리매를 쳐다보며 물었다.

"내몰지 않소?"

종리매는 안 그래도 기다린 모양이었다.

더 없이 싸늘해진 눈빛으로 엄자성을 쏘아보며 말했다.

"내 힘을 빌리겠소, 아니면 알아서 그냥 나가겠소?"

설무백은 그때 강상교의 부탁을 수락하고 황하수로연맹의

총단으로 가고 있었다.

　같은 수적의 무리라도 장강십팔타와 달리 황하수로연맹의 총단은 수시로 바뀌는 경향이 있는데, 이는 그들의 조직 체계와 무관하지 않았다.

　장강십팔타는 비록 구대 문파 등처럼 사승내력에 따라 상명하복이 이루어지는 방회는 아니라도 일단 총타주가 선출되면 주무대인 장강의 전권을 가지는 수직적 체계의 집단이지만, 황하수로연맹은 달랐다.

　그들은 오히려 산적의 무리인 녹림맹처럼 각각의 수채가 자신들의 지역을 관장하며, 각각의 채주가 협의체 형태로 모여서 한 사람의 맹주를 뽑은 다음 조정과 통합의 역할을 맡기는 느슨한 형태의 지역 연합체였다.

　그 때문이었다.

　황하수로연맹의 맹주는 대개 능력과 인망을 위주로 뽑기 때문에 산하 조직에 대해 영향력을 발휘하지 못하는 것은 아니지만, 장강십팔타의 총타주처럼 강력한 실력 행사는 할 수 없으며, 그에 따라 따로 총단을 구성하지 않고 자신이 속한 혹은 거느린 수채에 머물기 때문이 맹주가 바뀌면 총단도 바뀌게 되는 것이다.

　따라서 현 황하수로연맹의 총단은 바로 흑대망 완소가 채주로 있는 금망채(金蟒砦)였고, 금망채는 섬서의 동부와 하남의 서부가 이어진 성 경계를 타고 흐르는 황하의 물줄기가 뱀의 몸뚱

이처럼 구불구불 이어지며 폭급하게 흐르는 삼문협(三門峽)을 지나서 하남으로 들어선 의마협(義馬峽)에 자리하고 있었다.

설무백은 사납게 흐르던 황하의 물줄기가 샛길로 빠져서 좁아지기 시작한 그 의마협의 초입으로 들어서고 나서야 그간 내내 마음에 담고 있던 얘기를 꺼냈다.

"완소를 만나기 전에 해 줄 말이 있어."

"무슨……?"

"수조일옹 가소유에 대한 얘기야."

"……!"

강상교의 안색이 살짝 변했다.

어리둥절해하는 것이 아니라 무언가 만지지 말아야 할 물건을 만지다가 들킨 사람처럼 보였다.

애써 침착함을 유지한 그가 굳이 발걸음을 재촉하며 말했다.

"죽은 사람 얘기는 왜 하려고 그러시오?"

설무백은 못내 무색해진 표정을 지었다.

"이미 알고 있었나?"

"……."

강상교가 바로 대답하지 않고 잠시 뜸을 들이다가 희미하게 웃는 낯으로 돌아보며 고개를 끄덕였다.

"알고 있는 것은 아니고, 어림잡아 대충 짐작하고 있었소. 역시 그분을 죽인 게 설 대협인 거요?"

설무백은 있는 그대로의 사실을 말해 주었다.

"직접 나선 것은 아니지만, 그런 셈이야."

강상교가 밋밋한 미소를 지은 얼굴로 새삼 고개를 끄덕이며 말을 받았다.

"하면, 백룡채(白龍砦)의 사건도 설 대협의 손길이 닿은 것이 겠구려."

백룡채는 바로 수조일옹 가소유가 채주로 있다가 제자인 수상귀자(水上鬼子) 이처문(李凄文)에게 채주의 자리를 물려준 수채로, 황하수로연맹에서 열 손가락 안에 꼽히는 세력이었다.

그리고 얼마 전, 보다 정확히는 가소유가 죽었다고 알려진 시점에 채주인 이처문을 비롯해서 백룡채의 수뇌진을 구성하는 열두 명의 고수가 소리 없이 사라졌다가 인근 야산의 기슭에서 떼죽음을 당한 모습으로 발견되는 사건이 벌어지는 바람에 세간의 화제가 되었었다.

"그게 그렇게 됐어."

설무백은 바로 인정했다.

사실이었다.

백룡채의 사건은 전적으로 그의 지시를 받고 움직인 혈뇌사야와 사사무를 선두로 하는 이매당이 나서서 처리한 일이었던 것이다.

"그대로 방치하면 가소유 같은 자가 또 나올 것 같은 분위기였다고 하더군. 그리고 정확히 말하면 당시 죽은 건 그들, 열두 명만이 아니야. 대략 이십여 명이 더 죽었어. 다들 백룡채 내에서 두각을 나타내는 자들이 아니라 이처문 등의 죽음에 묻혀 버린 거지."

"그건 나도 전혀 몰랐던 사실이구려."

강상교가 여전히 발걸음을 멈추지 않은 채 이채로워하다가 이내 앞서처럼 슬쩍 돌아보며 물었다.

"역시 마교와 붙어먹었던 거겠지요?"

"뭐 그렇지."

설무백은 바로 대답하고는 이내 피식 웃으며 재우쳐 말했다.

"마공을 익힌 애들만 처리했어. 그리고 와중에 당신 뒷조사도 좀 했고. 나만 아니라고 부정해서 될 문제가 아니더라고. 수조일웅 가소유를 적극적으로 지지한 사람이 당신이었잖아."

강상교가 어색한 미소를 흘리며 자책했다.

"연맹 내에서 가장 적극적으로 나를 지지해 준 사람이 그였소. 그래서 나 역시 그를 믿고 의지했는데, 결국 이런 꼴이라니 참으로 나 자신이 한심하구려."

설무백은 지나가는 말처럼 대수롭지 않게 위로했다.

"자책할 필요 없어. 작정하고 나서면 귀신도 속일 수 있는 게 사람이니까. 그보다……."

그는 말미에 물었다.

"사정을 다 짐작하고 있었으면서 왜 그동안 내색하지 않고 있었던 거야?"

강상교가 전방에 시선을 두는 것으로 애써 멋쩍은 표정을 감추며 대답했다.

"안 그래도 나 역시 못내 그자를 의심하기 시작하던 참이었소."

"그래? 우연찮게 내가 한 발 먼저 움직인 셈이로군."

"그렇지만 나라면 그처럼 깔끔하게 처리하지 못했을 거요. 우리 연맹 내에서 가소유가 가진 위상은 그리 만만한 것이 아니라서 말이오."

"개인적으로 옛정도 있고 말이지?"

"물론 그것도 무시할 수 없지요."

강상교가 바로 인정하고는 재우쳐 자신의 입장을 정리했다.

"아무튼, 사정을 살펴보니 작금의 강호무림에서 그만한 능력을 가진 세력은 손에 꼽히고, 그중에서 그 일을 그렇듯 쥐도 새도 모르게 처리할 수 있는 세력은 두 곳에 불과하더구려. 마교와 풍잔."

그는 대화를 시작한 이래 처음으로 발걸음을 멈추고 설무백을 돌아보며 피식 웃었다.

"하지만 아무리 노력해도 마교가 그 일을 쉬쉬할 이유를 찾지 못했고, 그래서 굳이 나서지 않았던 거요."

설무백은 태연하게 직접적으로 물었다.

"겁이 났나?"

강상교가 어깨를 으쓱하며 대답했다.

"그런 면이 아주 없었다고 하면 거짓말일 거요. 작금의 강호무림에서 풍잔을 상대할 수 있는 세력은 마교밖에 없다고 생각하는 사람이 나니까 말이오."

설무백은 어색한 표정이 되었다.

"너무 과한 평가라 듣기 거북하지만 일단 그렇다 치고, 그래서 그건 아니다?"

"물론 아니오. 그럴 만한 이유가 있을 거라고 생각했소. 설 대협이라면 말이오."

강상교가 말미에 씩 웃으며 덧붙여 말했다.

"그런데 결국 내 예상이 맞았구려."

설무백은 짐짓 가늘게 좁힌 눈가로 강상교를 바라보았다.

"어째 눈치를 보니 내가 언제고 이렇게 때를 봐서 사정을 밝혀 주리라는 것도 예상한 모양이군."

강상교가 고개를 저었다.

"그건 아니오. 정확히 말하면 그건 반반이었소."

그는 문득 실없는 웃음을 흘리며 한마디 부연했다.

"우리가 그 정도까지 친근한 사이는 아니질 않소."

설무백은 짐짓 곱지 않은 눈초리로 강상교를 바라보았다.

"그러면서 잘도 이런 일을 들고 와 부탁하는군 그래."

강상교가 새삼 어깨를 으쓱하며 천연덕스럽게 대꾸했다.

"그야 이런 일을 믿고 맡길 사람이 설 대협밖에 없으니 나로서도 어쩔 수 없는 노릇이오."

"하……!"

설무백은 절로 헛웃음을 흘리다가 이내 은근히 강상교의 행태를 꼬집었다.

"그러고 보면 당신도 참 사람 보는 눈이 없군. 가소유의 경우는 그렇다 치고, 황하수로연맹의 신임 맹주인 여기 금망채의 흑대망 완소도 당신이 밀어준 거잖아?"

"휴……!"

강상교가 반발은커녕 인언반구 부정도 하지 않은 채 한숨부터 내쉬며 탄식했다.

"그러게 말이오. 대체 전생에 무슨 일을 그리 못해서 이리도 얼간이 맹추 눈을 가지고 태어났는지 모르겠소."

설무백은 정말로 당장에 울음이라도 터트릴 것 같은 강상교의 태도를 보며 면박 아닌 면박을 주었다.

"아니, 그러게 왜 그랬어? 당신이 얼마든지 맹주 위에 오를 수 있는 상황이었잖아?"

강상교가 거짓말처럼 정색한 표정으로 돌아와서 말했다.

답변이 아니라 오히려 질문이었다.

"혹시 막후의 실력자라는 얘기 들어 봤소?"

설무백은 뜬금없이 이런 얘기를 왜 묻나 싶어 미간을 찌푸리면서도 대답은 했다.

"그야 물론 들어 봤지."

강상교가 대뜸 의미심장하게 미소를 지으며 대답했다.

"그런 거요."

설무백은 이해하지 못했다.

"그런 거라니?"

강상교가 진지하게 대답했다.

"그게 내 평생의 꿈이었다는 거요."

설무백은 한 방 맞은 표정으로 굳어지며 절로 눈이 커져서
반문했다.

"아니 왜?"

강상교가 어깨를 피고 가슴을 내밀며 대답했다.

"멋지잖소. 막후의 실력자!"

"……."

설무백은 순간 멍해졌다.

'이 사람에게 이런 면이 있었나?'

마냥 진지하기만 한 사람이라고 생각했는데, 아니었다.

강상교에게 사람을 제대로 못 본다고 타박한 그도 이제 보니
같은 사람이라는 생각이 들어서 얼굴이 다 화끈거렸다.

그는 바로 말문을 돌렸다.

"이제 거의 다 오지 않았나?"

보란 듯이 어깨를 펼치고 있던 강상교가 그제야 자신의 실태
를 깨달은 듯 급히 안색을 바꾸고 발길을 재촉하며 대답했다.

"아, 맞소. 저기 저쪽이 바로 의마협이오. 물길을 따라 안쪽
으로 조금만 더 들어가면 금망채가 눈에 들어올 거요."

강상교의 말 그대로였다.

물길을 따라 협곡의 안쪽으로 약간 들어가자, 저 멀리 물길을 가로지르며 세워진 목책이 시야에 들어왔다. 그리고 목책의 문에 다다르기 전에 그 앞에서 길을 막아서며 경고하는 사내들이 있었다.

"멈춰라! 여긴 황하수로연맹의 총단인 금망채로 가는 외길이다! 금망채를 방문하는 길이 아니라면 어서 돌아서서 썩 꺼져라!"

설무백은 절로 머리를 긁적였다.

"도통 예의가 있는 건지 없는 건지 모르겠군."

이유 없이 자신들의 앞마당으로 들어서는 사람들을 아무런 해코지도 하지 않고 그냥 돌려보내려 한다는 측면에서는 예의가 있는 것 같은데, 정작 손님일지도 모르는 사람들에게 눈을 부라리며 썩 꺼지라고 악을 쓰고 있으니, 예의가 없는 것 같기도 했다.

강상교가 그런 설무백를 쳐다보며 물었다.

"그것 말고는 이상하게 없소?"

"뭐가 더 있어야 하나?"

"본인이 이래 봬도 황하수로연맹의 부맹주라오."

"아……!"

설무백은 이제야 깨달으며 어색한 미소를 흘렸다.

엄연히 황하수로연맹의 일원인 금망채의 졸개가 황하수로연맹의 부맹주도 알아보지 못하고 있는 것이다.

"에휴……!"

강상교가 한숨을 내쉬며 말했다.

"작금의 황하수로연맹이 이렇소. 저마다 자기 밥그릇을 챙기느라 정신이 없어서 명색이 총단인 이곳의 졸개들마저 연맹의 요인들조차 제대로 알아보지 못하는 지경이오."

설무백은 묵묵히 고개를 끄덕이는 것으로 강상교의 탄식에 동의했다.

얼마 되지 않은 시간 동안에 연이어 맹주가 바뀌는 파란을 겪었으니, 사승내력에 따라 철저하게 상명하복이 이루어지는 방회와 달리 저마다 따로 구역을 가지고 관장하는 느슨한 형태의 연합체인 황하수로연맹의 기강이 해이해지는 것도 당연했다.

그러나 그런 점을 감안하더라도 명색이 맹주가 거하는 총단의 졸개가 부맹주조차 알아보지 못한다는 것은 심해도 너무 심했다.

"막말로 말해서 이 정도면 연맹 자체가 와해되었다고 봐도 무방한 거 아닌가?"

설무백이 대수롭지 않게 흘린 이 말이 가뜩이나 열불이 나던 강상교의 심정을 긁은 것 같았다.

강상교가 대번에 붉으락푸르락 거리는 얼굴로 금망채의 졸개들을 향해 삿대질을 해대며 악을 썼다.

"야, 이 호랑말코 같은 자식들아! 네놈들은 대체 눈을 어디다가 달고 있기에……!"

그때 발작적인 강상교의 태도에 긴장한 표정인 사내들의 뒤쪽에서 다급한 목소리가 들려왔다.

정확히는 저 멀리 목책의 문마루에 서 있다가 신형을 날려서 부리나케 달려오는 흑의노인의 외침이었다.

"아니, 이게 누구십니까? 부맹주님께서 사전에 연락도 없이 어쩐 일로 방문을……!"

한껏 사납게 일그러졌던 강상교의 표정이 조금은 풀어졌다.

그래도 자신을 알아보는 자가 나섰다는 다행이라는 표정이었다.

그러나 강상교와는 정반대로 설무백은 앞서의 그처럼 한껏 오만상을 찡그렸다.

그리고 감탄했다.

"와, 정말 무지하게도 심어 놨구나!"

드러나는 것들 (4)

강상교는 설무백의 말을 바로 알아들었다.

그래서 자신의 판단이 틀리지 않았음을 깨달으며 기뻐할 수도, 그렇다고 실망할 수도 없는 표정으로 설무백을 향해 확인했다.

"역시 본인의 짐작이 옳았던 거요?"

설무백은 가만히 고개를 끄덕이는 것으로 인정했다.

"그런 것 같네. 일개 소두목조차 꽤나 심도 깊은 마기가 느껴지는 것을 보니 말이야."

강상교가 이제야말로 참았던 분노가 일어나는지 지그시 입술을 깨물었다.

설무백은 그런 강상교의 행동을 막으려는 듯 급히 말했다.

"아니지, 아냐. 이제부터 내 마음대로야. 안 그래?"

강상교는 실로 분노를 참을 수 없는 기색이었으나, 애써 항변하지 못하고 고개를 끄덕였다.

"물론이오."

이게 약속이었다.

설무백은 그의 부탁을 들어주는 대신 전권을 달라고 했던 것이다.

설무백은 싱긋 웃으며 턱짓으로 전방을 가리키며 물었다.

"누구지, 이자는?"

강상교를 알아보고 목책의 문마루에서 뛰어내려 달려온 사내는 이미 그들의 면전에 도착해 있었다.

사십 대 혹은 오십 대로 보이는 중년인인 그는 설무백과 강상교가 주고받는 대화를 듣고는 얼굴이 묘하게 일그러졌다.

마기에 대한 얘기는 듣지 못했으나, 면전에서 다른 사람에게 자신의 정체를 묻는 낯선 사내, 설무백의 태도에 기분이 상한 모양인데, 눈치가 없지는 않은지 선뜻 나서지는 않고 있었다.

감히 나설 수가 없을 터였다.

설무백의 뒤에 실로 범상치 않은 사람들이, 바로 공야무륵을 비롯해서 철면신과 고고매가 버티고 서 있다는 것은 차치하고, 천하의 강상교에게 하대를 하는 사내를 함부로 대할 수는 없는 것이다.

강상교가 그런 그를 싸늘해진 눈빛으로 외면하며 설무백의 질문에 답했다.

"섭심교룡(攝心蛟龍) 장록(張錄)이오. 흑대망 완소, 완 맹주가 맹주의 자리에 오르기 전부터 측근에서 보필하던 금망채의 소두목이고, 장자방격인 금고명(金暠明)과 다섯 명의 장로, 그리고 나머지 여섯 명의 소두목과 함께 금망채의 수뇌진을 구성하고 있는 자요."

설무백은 강상교가 소개한 사내, 눈동자를 빠르게 굴리며 눈치를 보고 있는 장록을 주시한 채로 고개를 끄덕이며 물었다.

"흑대망 완소, 완 맹주는 안에 있나?"

장록이 대답 대신 당황한 기색을 드러내다가 이내 설무백이 아닌 강상교를 향해 분노를 드러냈다.

"부맹주 대체 이게 무슨 짓이오? 아무리 부맹주라도 낯선 자를 끌고 와서 이러는 건 예의가 아니질 않소?"

강상교가 대답 대신 쓰게 웃으며 설무백을 향해 말했다.

"믿을지 모르겠지만, 예전에는 이러지 않았소. 내 앞에서는 감히 눈도 똑바로 쳐다보지 못하던 자요."

설무백은 가만히 고개를 끄덕이며 대답했다.

"무언가 믿는 구석이 생기면 누구나 다 그렇지. 그보다 마교의 누가 나선건지는 모르겠지만, 그놈도 당신만큼이나 사람 보는 눈이 없네. 이렇게 조심성 없는 것들을 선택해서 뭘 어쩌자는 거야?"

"저기……."

강상교가 어색한 미소를 흘리며 말했다.

"나야 뭐 그렇다 쳐도, 황하의 그 누구도 이들이 마교의 끄나풀이라는 걸 여태 모르고 있었소만?"

"쯔쯔, 자랑이다."

설무백은 혀를 차며 곱지 않게 뜬 눈을 흘기다가 이내 냉정해서 공야무륵을 호명했다.

"공야무륵."

공야무륵이 기다렸다는 듯 도끼를 뽑아 들며 앞으로 나섰다.

"죽일까요?"

"응, 죽여."

설무백의 짧은 명령과 동시에 공야무륵의 신형이 흐릿해지며 시위를 떠난 화살처럼 쏘아졌다.

빨랐다.

흐릿하게 변한 공야무륵의 신형이 고무줄처럼 길게 늘어지는 것 같은 환상을 연출하고 있었다.

천마십삼보와 더불어 강호무림의 양대전설인 다라십삼경 중 다라제칠경인 무량속보의 신위였다.

공야무륵의 무량속보는 이제 거의 대성으로 다가서 있는 것이다.

장록은 뻔히 보면서도 아무런 반응을 하지 못했다.

그가 반사적으로 칼을 뽑으려는 사이에 공야무륵의 도끼는 이미 그의 머리 중앙 정수리를 강타하고 있었다.

빡—!

메마른 타격음이 터지며 장록의 머리가 반으로 쪼개졌다.

붉은 피와 허연 뇌수가 사방으로 튀고, 중심을 잃은 그의 신형이 썩은 고목처럼 뒤로 넘어갔다.

"……!"

뒤늦게 사태를 인지한 금망채의 졸개들이 기겁하며 서둘러 칼을 뽑아 들었다.

그러나 그들의 발걸음은 앞이 아닌 뒤로 움직이고 있었다.

죽음의 공포가 그들의 육체를 지배하고 있는 것이다.

방금 보여 준 실력도 실력이지만, 그들은 이제야 공야무륵을 알아보고 있었다.

그들 중 하나가 떨리는 목소리로 뇌까렸다.

"새, 생사집혼!"

공야무륵이 자신의 별호를 말한 사내를 힐끗 쳐다보며 누런 이를 드러냈다.

그리고 사람의 머리를 쪼개놓고도 피한방울 묻어 있지 않은 도끼를 언제든지 휘두를 수 있도록 비스듬히 사선으로 내리며 설무백을 향해 물었다.

"죽일까요?"

설무백은 손을 내저으며 겁에 질려서 주춤주춤 뒷걸음질 치고 있는 사내들을 향해 조용히 말했다.

"덤비면 죽는다는 건 이미 알 테고, 도망쳐도 죽는다. 지옥

끝까지라도 찾아가서 죽일 테다. 그러니 살고 싶으면 칼을 버리고 그 자리에서 그대로 무릎을 꿇고 기다려라."

사내들이 잠시 서로 시선을 교환하다가 이내 너도나도 재빨리 칼을 내던지며 무릎을 꿇었다.

설무백는 당연히 그럴 줄 알았다는 듯 무심하게 그들의 곁을 지나서 금망채의 문으로 다가섰다.

금망채의 목책 문마루 위는 장록의 머리가 쪼개진 순간부터 그야말로 난리였다.

다들 칼을 뽑아 든 채로 누구는 경종을 치고, 누구는 상황을 알리려고 안채로 내달리는지 소란스럽기 짝이 없었다.

설무백의 뒤를 따르던 강상교가 일순 그 앞으로 나서며 소리쳤다.

"나 부맹주 강상교다! 괜한 짓거리들 말고 어서 문이나 열어!"

문은 열리지 않았다.

대신 문마루가 더욱 소란스러워졌다가 이내 발작적인 질문이 돌아왔다.

"강상교 부맹주가 맞는 것 같기는 하오만, 대체 무슨 일로 찾아와서 다짜고짜 장록 소두목을 해친 거요?"

수적답지 않게 제법 중후한 느낌이 드는 중늙은이였다.

경종을 듣고 달려온 건지, 보고를 받고 나섰는지는 모르겠으나, 당황한 기색이 역력한 얼굴에 땀방울이 맺혀 있었다.

설무백은 새삼 턱짓으로 질문을 던진 문마루의 중늙은이를 가리키며 물었다.

"저자는 누구야?"

강상교가 대답했다.

"오인 장로 중 하나인 선풍도(旋風刀) 육목(陸鶩)이오. 그런데 저 사람에게도 마기가 느껴진다는 거요, 지금?"

"그래."

설무백은 대수롭지 않게 고개를 끄덕이며 쓰게 입맛을 다셨다.

"소두목에 장로까지, 아무래도 윗대가리들은 다 썩었다고 봐야 할 것 같네."

강상교가 분기탱천한 모습으로 변해서 더는 참지 못하고 버럭 고함을 질렀다.

"육목, 이 개자식아! 대체 뭐가 아쉬워서 마교의 주구가 되었단 말이냐!"

문마루의 육목이 당황한 표정으로 주변의 눈치를 보다가 이내 싸늘하게 변해서 외쳤다.

"너는 강상교 부맹주가 아니구나! 진짜 강상교 부맹주라면 내게 그따위 개소리를 할 리가 없지!"

"이……!"

강상교가 반사적으로 악을 쓰려는데, 설무백이 슬쩍 손을 들어서 막았다.

그리고 그 손을 다시 전방으로 돌려서 문마루의 육목을 가리켰다.

순간, 그의 손앞에 모습을 드러낸 양날 창, 흑린이 섬광처럼 허공을 가르며 뻗어져서 문마루에 서 있던 육목의 가슴을 관통했다.

너무나도 순식간에 벌어진 상황이라 장내의 모두가, 하물며 당사자인 육목까지도 가슴에서 피가 뿜어져 나오는 것을 보고서야 그와 같은 상황을 인지했다.

이기어창이었다.

"컥!"

시간이 정지한 것처럼 모두가 움직임을 멈춘 사이에 육목이 피를 토하며 나자빠졌다.

설무백은 그사이 허공을 선회하고 돌아오는 흑린을 잡아채서 어깨에 기대며 문마루에 늘어선 금망채의 졸자들을 주시하며 말했다.

"지금부터 내가 하는 말을 잘 들어라. 나는 풍잔의 설무백이고, 지금부터 여기 금망채에 잠입해 있는 마교의 주구들을 소탕할 생각이다. 그러니 자신이 마교의 주구가 아니라고 생각하는 자는 무기를 버리고 그 자리에 무릎을 꿇어라. 그것으로 살 수 있다."

문마루는 말할 것도 없고, 그 너머에서까지 소란스러워졌다.

설무백의 목소리는 그리 크지 않았으나, 모종의 내력을 주입한 까닭에 문마루만이 아니라 그 너머에서 대기하고 있던 자들의 귀에도 또렷하게 들어갔기 때문이다.

설무백은 그게 아랑곳하지 않고 공야무륵을 호명했다.

"공야무륵!"

"옙!"

공야무륵이 기다렸다는 듯 앞으로 나서며 거북이 등딱지처럼 늘 등에 짊어지고 다니는 대월을 뽑아서 내던졌다.

휘우우우웅―!

불붙은 아름드리나무가 통째로 휘둘러지는 듯한 파공음 뒤로 벽력이 쳤다.

꽝―!

금망채의 대문이 박살 나서 흩어졌다.

여파를 이기지 못한 문마루가 와르르 무너져 내렸다.

능력이 있는 자들은 분분히 신형을 날려서 피했고, 그러지 못한 자들은 문마루와 함께 바닥으로 떨어져서 바닥에 나뒹굴었다.

설무백은 대수롭지 않게 그 잔해를 걸어서 금망채의 영내로 들어갔다.

"적이다!"

"놈들을 막아라!"

누군가 소리쳤다.

안쪽에서부터 날아오던 두 명의 중늙은이였는데, 고함을 내지른 순간과 동시에 갑자기 허공에서 멈추더니, 그대로 동시에 폭죽처럼 터져 버렸다.

자욱한 피안개 속에서 그보다 더 짙은 혈포를 걸친 혈뇌사야의 모습이 나타났다.

그 혈뇌사야가 귀신처럼 허공에 두둥실 뜬 채로 설무백을 향해 특유의 기괴한 미소를 지어 보였다.

"마공을 익힌 놈은 이 늙은이도 어느 정도 구별할 수 있습니다. 하니, 나서도 되겠지요?"

설무백은 실소하며 대꾸했다.

"이미 나섰잖아."

허락이었다.

혈뇌사야가 새삼 특유의 기괴한 미소를 지어 보이며 흐릿해지며 사라졌다.

다시금 암중으로 스며든 것이다.

강상교가 그 순간을 기다린 것처럼 말했다.

"장로인 이면효(二面梟) 우곡(友鵠)과 소두목인 소한검(素寒劍) 정철(貞鐵)이오. 과연 설 대협의 말마따나 윗대가리들은 다 썩은 모양이구려."

설무백은 묵묵히 고개를 끄덕이며 장내를 둘러보았다.

수많은 금망채의 졸개들이 서지도 앉지도 못하는 어정쩡한 자세로 서 있었다.

공야무륵에 이어 혈뇌사야가 보인 신위가 일으킨 파급력이었다.

경종을 듣고 몰려든 듯 얼추 수백을 헤아리는 인원이었는데, 그들 모두가 그대로 굳어서 눈치만 보고 있는 것이다.

설무백은 무심하게 그런 금망채의 졸개들 사이를 가로지르며 나직이 경고했다.

"살려면 무릎을 꿇으라고 했다."

어정쩡하게 서 있던 금망채의 졸개들이 동시에 주저앉으며 무릎을 꿇었다.

모두가 설무백의 경고를 이미 들었던 것인데, 수백의 인원이 동시에 반응하자 흡사 지반이 무너지는 것처럼 보였다.

설무백은 그러거나 말거나 묵묵히 발걸음을 옮겨서 그들의 사이를 가로질렀다.

대문 안쪽은 비교적 평평한 공터였으나, 그 공터가 끝나는 지점에서는 급격히 휘어진 물길을 따라 꺾인 길이었고, 거기서부터는 좌우로 비스듬한 언덕을 끼고 이어진 비탈길이었다.

그리고 좌우로 펼쳐진 비스듬한 언덕에는 마치 포도송이처럼 다닥다닥 붙은 통나무집들이 군락을 이루었다.

바로 그 통나무집들에서 빠져나온 수많은 수적들이 마치 개미 떼처럼 새카맣게 언덕을 달려 내려오고 있었다.

그러나 그들은 설무백 등을 그저 에워쌀 뿐, 공격에 나서지 않았다.

다들 대문의 상황을 모르는데다가 개중에 강상교를 알아보는 인물들이 섞여 있었기 때문이다.

그중에 한 사람, 계피학발의 외팔이 노인 하나가 앞으로 나서며 실로 어리둥절한 표정으로 물었다.

"부맹주 대체 이게 무슨 일이오?"

강상교는 대답 대신 습관처럼 고개를 돌려서 설무백을 바라보며 상대, 외팔이 노인의 신분을 밝혔다.

"오인장로의 수좌인 독비옹(獨臂翁) 항연(項煙)이오."

설무백은 묵묵히 고개를 끄덕이며 잠시 항연을 바라보다가 이내 한숨을 내쉬었다.

그리고 장내를 에워싸기 시작한 수많은 수적들을 둘러보며 앞서의 경고를 그대로 반복했다.

"지금부터 내가 하는 말을 잘 들어라. 나는 풍잔의 설무백이고, 지금부터 여기 금망채에 있는 마교의 주구들을 소탕할 거다. 그러니 자신이 마교의 주구가 아니라고 생각하는 자는 무기를 버리고 그 자리에 무릎을 꿇어라. 그러면 살 수 있다."

역시나 앞서와 마찬가지로 설무백의 목소리는 그리 크지 않았으나, 모종의 내력이 담겨 있어서 장내를 에워싼 모든 수적들의 귀에 또렷하게 들렸다.

대번에 와자지껄한 소란이 일어났다.

설무백의 선언과 더불어 설무백이 누군지 아는 자들이 저마다 놀라고 당황해하며 일어난 소란이었다.

그때 잠시 당황하고 이내 어처구니가 없다는 표정을 지은 항연이 분노를 토했다.

"그 무슨 개뼈다귀 같은 헛소리냐! 설무백인지 뭔지 어디서 굴러먹던 시러베 작자인지는 몰라도, 감히 황하수로연맹의 총단 수채인 금망채에 와서 그따위 개소리를 지껄이다니, 죽고 싶어서 환장한 놈이 분명하구나!"

강상교가 기다렸다는 듯 외쳤다.

"나 강상교가 목숨을 걸고 보증한다! 설 대협의 말은 어김없는 사실이며 내가, 이 강상교가 직접 나서서 그에게 도움을 청한 것이다!"

항연이 도끼눈을 뜨고 강상교를 노려보며 소매를 걷어붙였다.

"오라, 이게 다 강상교, 네놈의 술책이라는 소리구나! 부맹주의 자리가 성에 차지 않아서 이런 개수작을 벌이는 게야!"

그는 보란 듯이 칼을 뽑아 들며 악을 썼다.

"뭣들 하는 게냐! 당장 저놈들을 잡아서 내 앞에 꿇려라!"

항연의 명령을 듣고도 설무백 등을 에워싼 금망채의 수적들은 선뜻 나서지 않았다.

대신 저마다 시선을 교환하며 눈치를 보고 있었다.

강상교가 눈치 빠르게 나서며 외쳤다.

"그래, 그동안 너희들도 무언가 이상하다고 생각했을 거다! 너희들이 보고 느낀 것이 옳다! 너희들이 받들어 모시던 금망채의 채주와 부채주, 오인장로, 소두목 등은 전부 다 마교의 주구가 되었다! 마교가 건네준 마공을 익힌 영향으로 너희들이 아는 그들이 아니었던 거다!"

항연이 발작적으로 외치며 길길이 날뛰었다.

"그 무슨 개소리를……! 이놈들, 지금 뭣들 하는 게야! 어서 당장 나서지 못할까!"

그러나 상황은 달라지지 않았다.

항연의 명령을 듣고도 선뜻 나서는 자는 없었고, 오히려 앞서보다 더 분위기가 묘하게 변했다.

설무백 등보다는 항연을 살펴보는 자들이 더 늘어나 있었다.

강상교의 예상이 적중한 것이다.

금망채의 수적들은 이미 대다수가 그동안 항연을 포함한 요인들의 변화에 못내 의심을 품고 있었다는 방증이었다.

항연이 그 순간에 악수를 두었다.

"이것들이……!"

분기탱천한 항연이 발작적으로 수중의 칼을 휘둘러서 주변에 있던 수하들을 베어 넘겼다.

"감히 내 명령을 어겨! 다들 죽고 싶으냐!"

두 명의 사내가 피를 뿌리며 넘어갔다.

하나는 목이 잘려서 머리가 떨어지고, 다른 하나는 가슴이 베어져서 죽었다.

항연의 곁에 있던 수적들이 항연과 거리를 벌렸다.

그들의 눈빛은 이미 싸늘하게 식어 있었다.

상관이 아니라 적을 대하는 눈빛이었다.

설무백은 그걸 간파하며 말했다.

"다행히 예상보다 많은 피는 안 보겠네."

항연이 자신과 거리를 벌리는 수하들을 보고 두 눈을 부릅뜨다가 설무백에게 시선을 돌렸다.

이성을 잃고 핏발선 그의 두 눈에는 이미 상당한 경지의 마공에 기인한 검붉은 마기가 이글거리고 있었다.

순간, 암중에 자리한 혈뇌사야의 목소리가 들려왔다.

"흑심투살마공(黑心透殺魔功)을 익혔군요. 소뢰음사의 마공요람(魔功要覽)인 마마진경(魔摩眞經)에 포함된 마공입니다. 소뢰음사의 주지인 삼안혈불이 나선 일일 가능성이 높습니다."

항연이 두 눈이 검붉은 광망에 휩싸였다.

혈뇌사야의 말을 듣고 흥분을 더한 것이다.

공야무륵이 설무백을 힐끗 보았다.

"죽일까요?"

설무백은 짧게 대꾸했다.

"죽여."

공야무륵의 신형이 흐릿해지며 전광석화처럼 앞으로 쏘아졌다.

그의 수중에 들린 도끼가 달무리와 같은 광체로 횡선을 그렸다.

항연의 목을 표적에 둔 횡선이었다.

"큭큭, 감히……!"

항연이 본능처럼 칼을 휘둘러서 공야무륵의 도끼를 막았다.

깡—!

거친 금속성이 터지며 불꽃이 튀었다.

그 순간에 수직으로 떨어져 내린 또 하나의 도끼가 항연의 머리를 강타했다.

퍽—!

섬뜩한 소음과 함께 항연의 머리가 장작처럼 쪼개졌다.

비명도 지르지 못한 즉사였다.

항연의 몸이 벼락 맞은 고목처럼 쓰러지고, 붉은 피와 허연 뇌수가 뒤늦게 삐져나와서 바닥을 적셨다.

공야무륵이 각기 두 손에 든 도끼, 양인부와 낭아부를 양쪽 어깨에 척 올려 무심하게 항연의 죽음을 확인하고 있었다.

설무백은 그제야 장내를 둘러보며 준엄하게 말했다.

"모두 다 그 자리에서 무릎을 꿇고 기다려라. 상관을 제대로 받들지 못한 너희들도 죄가 없는 것은 아니나, 그것까지는 묻지 않겠다."

족히 일천이 넘는 금망채의 수적들이 서로서로 눈치를 보다가 이내 하나둘씩 무릎을 꿇기 시작했다.

와중에 누군가 말했다.

"부채주는 아닐 겁니다."

설무백은 시선을 돌려서 상대를 확인했다.

지근거리에 서 있던 사내였는데, 제법 의복을 갖춰 입었고, 기도도 주변의 수적들에 비해 발군이라 나름 지위가 있어 보이는 중년인이었다.

　"이유가 있겠지?"

　"오래전부터 뇌옥에 감금되어 있었습니다."

　설무백은 슬쩍 강상교를 바라보았다.

　강상교가 이제야 알겠다는 듯 고개를 끄덕이며 말했다.

　"어쩐지 중요한 모임 때도 도통 얼굴을 볼 수가 없더니만, 그런 사연이 있었구려."

　설무백은 가만히 고개를 끄덕이며 의견을 낸 중년인을 향해 물었다.

　"이름이 뭔가?"

　중년인이 대답하기 전에 강상교가 먼저 말했다.

　"내가 알지. 부채주 황운귀자(黃雲鬼子) 화곤(火棍)과 붙어 다니던 양수괴(兩水怪) 맞지?"

　중년인이 고개를 숙이며 인정했다.

　"예, 그렇습니다."

　강상교가 미간을 찌푸리며 물었다.

　"소두목이 됐어도 벌써 되어야 했는데, 아직까지 소두목이 되지 못한 것이 그 때문이었나?"

　중년인, 양수괴가 애써 표정을 관수하며 대답했다.

　"능력이 부족해서라고 생각합니다."

강상교가 슬쩍 고개를 돌려서 설무백에게 시선을 주었다.

"그렇다는구려."

설무백은 픽, 하고 웃었다.

강상교는 눈치 빠르게 그가 그것을 궁금해할 거라고 생각해서 확인시켜 주었던 것이다.

실제로 그랬다.

설무백은 제법 기도가 출중한 양수괴가 소두목이 아니라는 사실에 조금 의아해하고 있었다.

"좋아, 양수괴. 지금 당장 가서 부채주 화곤을 데려와라."

양수괴가 적이 당황하며 물었다.

"여, 여기로요?"

설무백은 고개를 돌려서 저편 전방, 백여 장가량 떨어져 있는 그늘진 산세 아래 자리한 거대한 전각 하나를 바라보며 대답했다.

"아니, 저기로."

그리고 슬쩍 고개를 돌려서 강상교를 향해 물었다.

"저기가 그자의 거처 맞지?"

강상교가 고개를 돌려서 그의 시선을 따라서 전방을 주시하며 대답했다.

"맞소. 저기가 흑대망 완소의 거처요."

양수괴가 그제야 재빨리 고개를 숙이며 서둘러 자리를 떠났다.

"알겠습니다. 그럼 다녀오겠습니다."

강상교가 그에 아랑곳하지 않고 흑대망 완소의 거처인 전각을 주시하며 고개를 갸웃했다.

"근데, 이상하구려. 이런 난리가 났는데, 코빼기도 보이지 않고 있으니 말이오."

설무백은 느긋하게 발걸음을 옮기며 지나가는 말처럼 대답했다.

"그럴 수밖에 없으니까 그런 거겠지."

강상교가 그게 무슨 소리냐는 듯이 어리둥절해하다가 이내 무언가 깨달은 듯 눈이 커졌다.

"설마 벌써 손을 쓴 거요?"

설마가 아니었다.

강상교는 더 이상 앞을 막는 자들이 없어서 느긋하게 걸어서 도착한 그늘진 언덕 아래 전각, 흑대망 완소의 거처에 들어서자마자 그것을 알 수 있었다.

전각의 문을 열고 들어간 내부, 현관 안에 자리한 작은 공간에 대여섯 명의 사내들이 석상처럼 혹은 그림처럼 굳어져 있었다. 마혈과 아혈을 점한 듯 눈동자만 이리저리 굴리고 있는 그들이 완소를 지키던 호위들임은 두말할 나위도 없었다.

설무백은 당연하다는 듯이 별다른 내색도 없이 그들을 스쳐지나서 현관과 하나의 문으로 연결된 대청으로 들어갔는데, 거기에도 한 술 더 떠서 줄지어 무릎을 꿇고 있는 자들이 있었다.

이남일녀, 히죽 웃는 요미와 무심하게 고개를 숙이는 흑영, 백영이 지켜보는 가운데 무릎을 꿇은 채 참담한 표정을 짓고 있는 그들의 인원은 정확히 여덟 명의 인원, 바로 흑대망 완소를 비롯해서 금망채의 수뇌진을 구성하는 세 명의 장로와 네 명의 소두목이었다.

"하……!"

강상교가 놀라다 못해 기가 질린 표정으로 설무백을 바라보았다.

설무백은 그런 그에게 히죽 웃어 보이고는 태연하게 주변에 있던 의자 하나를 가지고 와서 그들의 면전에 놓고 앉으며 중앙에 무릎 꿇려진 흑면사내를 주시했다.

"이자가 완소인가?"

넋 나간 표정이던 강상교가 급히 정신을 차리며 대답했다.

"그렇소. 그자가 흑대망 완소요."

설무백은 픽 웃었다.

"나를 아네?"

완소의 눈빛이 그랬다.

분노와 초조로 물들어 있던 완소의 눈빛은 설무백을 보기 무섭게 경악과 불신, 절망으로 물들어 가고 있었다.

설무백의 정체를 익히 잘 알고 있다는 방증이었다.

"아혈 좀 풀어봐."

공야무륵이 바로 나서서 완소의 아혈을 풀었다.

아혈이 풀렸음에도 완소는 아무런 말도 하지 않았다.

그저 지그시 입술을 깨물며 불안하게 흔들리는 눈빛으로 눈동자만 굴려서 설무백과 강상교를 번갈아 쳐다보기만 했다.

설무백은 그런 완소를 주시하며 물었다.

"내가 누군지 알지?"

완소가 입을 다문 채 설무백을 노려보았다.

설무백은 한숨을 내쉬며 쓰게 입맛을 다셨다.

"항상 이래. 좋은 말로 하면 꼭 이렇게 말을 안 들어요."

그는 슬쩍 고개를 돌려서 강상교에게 시선을 주었다.

"전권을 맡긴 이상 조금 심하게 굴어도 이해해 주길 바라?"

강상교가 어깨를 으쓱하며 대답했다.

"물론이오. 마교를 상대하는 일에 자비가 개입할 여지는 없지요."

설무백은 만족한 표정으로 고개를 끄덕이고는 완소에게 시선을 고정한 채로 공야무륵을 향해 말했다.

"공야무륵, 지금부터 내가 이자에게 몇 가지 물을 건데, 대답하지 않거나, 대답이 늦거나 혹은 말문을 열어 놓고 잔머리를 굴리는 것 같으면 가차 없이 목을 쳐라."

"옙!"

공야무륵이 지체 없이 완소의 곁으로 가서 섰다.

그의 손에 들린 피 묻은 도끼가 완소의 머리 옆으로 늘어졌다.

완소가 꿀꺽 마른침을 삼켰다.

설무백은 무심한 태도로 상체를 숙여서 불안하게 흔들리는 완소의 시선을 마주하며 물었다.

"언제부터 누구의 지시를 받고 있었나?"

"그, 그건……!"

완소가 선뜻 대답하지 못하고 머뭇거렸다.

그것으로 그의 일생이 종지부를 찍었다.

설무백은 추호도 기다리지 않고 앞으로 숙였던 상체를 들었고, 그 순간에 휘둘러진 공야무륵이 도끼가 그의 목을 쳤던 것이다.

칵-!

섬뜩한 소음 뒤로 완소의 머리가 앞으로 떨어져 굴렀다.

뒤늦게 뿜어진 핏물이 사방으로 튀며 바닥을 적셨다.

몸이 쓰러지지 않고 무릎을 꿇은 채로 그대로 앉아 있어서 더욱 잔인하게 보이고 느껴지는 광경이었다.

설무백은 그게 아랑곳하지 않고 무심하게 의자의 방향을 바꾸어서 죽은 완소의 몸뚱이 옆에 앉아 있는 바람에 그대로 핏물을 뒤집어쓴 중년사내에게 시선을 돌렸다.

공야무륵이 그와 마찬가지로 무심하게 나서서 중년사내의 아혈을 풀어 주었다.

아혈이 풀리기 무섭게 중년사내의 턱이 덜덜 떨리기 시작했다.

이렇게 간단하게, 그야말로 무심하게 완소를 죽여 버릴 줄은 진정 상상도 하지 못한 것 같았다.

설무백은 그러거나 말거나 앞서와 마찬가지로 상체를 숙여서 중년사내의 시선을 마주하며 물었다.

"이름?"

"어, 엄조(嚴條)요."

"지위는?"

"소, 소두목이오."

중년사내는 비록 말을 더듬기는 했으나, 추호도 머뭇거리지 않고 바로바로 대답했다.

이제야말로 순조로운 취조가 그렇게 시작되고 있었다.

그때 인기척이 들리며 두 사람이 대청으로 들어섰다.

금망채의 부채주 황운귀자 화곤를 부축한 양수괴였다.

황운귀자 화곤은 실로 참혹한 모습이었다.

산발한 머리카락이 반쯤 가리고 있는 한쪽 눈은 눈알이 빠져나가서 시커먼 피딱지가 내려앉아 있었고, 온몸은 성한 구석하나 없이 찢기고 뜯겨 나가서 여기저기 피가 응고된 채로 혼자서는 제대로 서지도 못하고 있었다.

아무리 봐도 분근착골(分筋錯骨)에 단근참맥(斷筋斬脈)을 당한 모습이었다.

왜?

설무백의 뇌리에 새로운 질문 하나가 추가되었다.

자신들의 의견을 따르지 않는다고 혹은 반대한다고 고문까지 할 이유는 없었다.

막말로 죽일 이유는 있어도 고문할 이유는 없는 것이다.

설무백은 그 점을 뇌리에 새기고 화곤을 외면하며 다시금 소두목 엄조를 향한 질문을 이어 나갔다.

"언제부터 누구의 지시를 받고 있었던 거냐?"

엄조가 장내에 나타난 화곤을 은연중에 회피하며 대답했다.

"언제부터였는지는 모르오. 그건 채주와…… 저기 저 부채주밖에 모르는 일이오."

"……?"

"다만 그가 누구인지는 아오. 소뢰음사의 고수들인 마면귀승(馬面鬼僧)과 마영귀승(魔影鬼僧)이 번갈아 찾아왔고, 나도 채주와 함께 그들을 만난 적이 있었소."

설무백은 슬쩍 고개를 돌려서 새삼스러운 눈빛으로 화곤을 바라보았다.

사정이 그랬다면 작금의 상황을 보고 무언가 한마디라도 했어야 할 화곤이 아무런 말도 하지 않는 것이 이상했던 것인데, 바로 사정을 알 수 있었다.

화곤은 말을 할 수가 없었다.

힘겹게 벌어진 그의 입에는 혀가 보이지 않았다.

지독하게도 혀까지 뽑아 버린 것이다.

설무백은 사뭇 냉담하게 변한 눈빛을 엄조에게 돌렸다.

더는 알고 싶은 것이 없다고 생각하는 그는 싸늘한 어조로 앞서 쟁여 둔 질문을 던졌다.

"부채주 화곤을 저리 고문한 이유는 뭐냐?"

엄조가 곤혹스러운 표정으로 대답했다.

"그, 그건 우리의 뜻이 아니었소. 오직 채주의 뜻이었고, 그 이유는 우리도 모르오. 정말이오!"

설무백은 다시금 고개를 돌려서 화곤을 바라보았다.

그의 시선을 마주한 화곤의 진물이 고인 외눈을 빛내며 고개를 끄덕이고 있었다.

설무백은 자세를 바로하고 의자의 등받이에 등을 기대며 화곤을 비롯한 나머지 사람들을, 바로 세 명의 장로와 세 명의 소두목을 냉정하게 둘러보았다.

그리고 무심한 듯 냉정하게 말했다.

"이유는 몰랐다고 치자. 그럼 고문하는 것도 모르고 있었나?"

"그, 그건······!"

엄조가 제대로 대답하지 못했다.

공야무륵의 도끼가 가차 없이 휘둘러졌다.

칵-!

엄조의 머리가 떨어져서 바닥을 굴렀다.

머리를 잃은 몸이 앞으로 고꾸라지며 핏줄기를 뿜어내서 바닥을 붉게 적셨다.

설무백은 그것에 아랑곳하지 않고 다른 자들을 냉정하게 주시하며 말했다.

"원하는 대답을 다 들었으니, 너희들은 살려 주마. 대신 동료들을 배신하고 받은 대가는 가져가겠다."

무릎을 꿇은 채 나머지 여섯 명, 세 명의 장로와 세 명의 소두목이 선뜻 무슨 뜻인지 이해를 못한 듯 공포에 질린 눈을 끔뻑거렸다.

설무백은 의자에서 일어나 그들의 곁으로 다가갔다. 그리고 한 손에 하나씩, 두 사람의 머리 중앙 정수리를 움켜잡았다.

순간, 그의 손에서 검은 기류가 일어나서 두 사람의 머리를, 이어서 전신을 휘감았다.

잠시였다.

이내 검은 기류가 사라지고 그가 손을 뗐을 때, 두 사람은 눈을 뒤집어 까며 혼절해서 쓰러졌다.

나머지 네 사람이 이유를 몰라서 더욱 두려운 눈빛으로 쓰러진 두 사람과 설무백을 번갈아보았다.

설무백은 무심하게 그들의 시선을 외면하며 손을 내밀어서 두 사람씩 차례대로 나머지 네 사람도 같은 방법으로 혼절시켜 버렸다.

설무백이 묵묵히 손을 털고 물러나자, 강상교가 도무지 참을 수 없다는 표정으로 물었다.

"대체 무엇을 어떻게 한 거요?"

설무백은 어깨를 으쓱하며 대답했다.

"들었잖아. 동료를 배신하고 받은 대가를 회수한 거야."

강상교가 반신반의하는 표정으로 물었다.

"그러니까, 지금 저들이 마교에게 받은 마공의 공력을 빼앗았다는 거요?"

설무백은 사뭇 냉정하게 고개를 저었다.

"받은 것만 회수하면 불공평하잖아. 대가니까 받은 거 이상을 받아 내야지."

"그 이상……?"

"단전을 싹 비워 줬어. 본연의 정기는 건드리지 않았으니까 먹고사는 데는 지장 없을 거야."

그간 그들이 쌓은 내공을 전부 다 흡수해 버렸다는 뜻이었다.

강상교가 그야말로 귀신에 홀린 사람의 눈빛으로 설무백을 바라보았다.

"얼핏 얘기는 들었소만, 그게 사실이었구려."

설무백은 무심하게 강상교의 시선을 외면하며 공야무륵과 백영, 흑영 등에게 지시했다.

"점혈 풀어서 수채 밖으로 내다놔. 다들 깨어나면 알아서 살길 찾아가겠지."

공야무륵과 백영, 흑영이 각기 두 명씩 어깨에 들쳐 메고 밖으로 사라졌다.

설무백은 그사이 의자를 들고 자리를 옮겨서 화곤과 마주했다.

화곤에게 의자를 내주고 앉히자, 화곤이 무언가를 쓰는 시늉
해 보였다.

"필담(筆談)……?"

양수괴가 눈치 빠르게 대청의 한쪽 구석에 놓인 탁자와 지
필묵을 가져다주었다.

화곤이 화선지를 펼쳐 놓고 붓을 들어서 글을 썼다.

　채주와 소통한 자들은 소뢰음사의 혈승들이었지만, 그들을 보
낸 건 마교총단의 이공자인 악초군이오. 그들의 말에 따르면 중원
에 있는 거의 모든 방파에 마교의 하수인들이 침습해 있다고 하오.

설무백은 그에 대해서 이미 아는 까닭에 필담을 이어 나가려
는 화곤의 손목을 잡으며 물었다.

"내가 궁금한 건 그게 아니다. 나는 당신이 이렇게까지 고초
를 당한 이유가 궁금할 뿐이다. 반기를 들었다면 완소의 입장
에선 죽여 버리면 그만이었다. 완소가 당신을 그냥 죽이지 않
고 살려 두며 고문을 가한 이유가 뭔가?"

화곤이 잠시 머뭇거리다가 붓을 놀렸다.

　내 실수요.

"당신의 실수……?"

설무백은 잘라 물었다.

"어떤 실수?"

그저 개인적인 일이오. 채주의 탐욕을 내가 너무 경시했다고만 알아두면 고맙겠소.

설무백은 냉정해졌다.

"귀하는 채주의 탐욕만이 아니라 이번 일도 너무 경시하는 것 같군. 마교가 관여된 일이고 나는 이미 손에 피까지 묻혔어. 당신이 그저 개인적인 일이라고 하면 내가 그냥 넘어가리라고 생각하나?"

화곤이 곤혹스러운 기색을 드러냈다.

붉게 울혈이 외눈에 복잡한 감정이 뒤엉키는 것으로 보였다. 그러다가 그는 긴 한숨을 내쉬며 수중의 붓을 놀렸다.

완소 채주가 저들의 제안을 내게 알리며 같이 가자고 했을 때, 나는 반대했소. 채주는 저들에게 건네받은 마공서를 내게 내보이며 포기할 수 없다고, 그간 분골쇄신하며 익힌 자신의 절기를 한 초식만으로도 능히 무력화시킬 수 있는 무공을 어찌 포기하느냐며 같이 익히자고 나를 설득했소. 나는 채주를 설득하기 위해서 내게 그만한 무공이 있으니 차라리 그걸 같이 익히고 저들의 제안은 거절

하자고 했는데, 그게 실수였소. 채주는 그것과 이것, 둘 다 욕심을
냈던 거요.

설무백은 절로 고개를 갸웃했다.

앞서 그는 완소에게서 상당한 마기를 느꼈었다.

그 정도의 마기를 형성할 수 있을 정도라면 상당한 수준의
마공을 익혔다는 뜻이었다.

미처 확인해 보지는 않았으나, 요미가 나섰기에 사로잡았지,
흑영과 백영만으로는 어려웠을 수도 있었다고 생각했었다.

'그런데 그런 마공과 비등한 무공이라고……?'

설무백은 슬쩍 고개를 돌려서 요미를 바라보며 물었다.

"아까 그자 완소 네가 잡았지?"

요미는 어느새 그리 가까워졌는지 거구의 여자 고고매의 어
깨에 앉아서 속닥이다가 그의 질문을 듣고는 급히 대답했다.

"응. 왜?"

"네가 보기에 어느 정도 수준이었지, 그자의 무공?"

"글쎄……?"

요미가 잠시 생각하다가 재우쳐 대답했다.

"흑영과 백영만 나섰으면 죽일 수는 있었을지 몰라도 사로잡
지는 못했을 정도?"

설무백은 살짝 미간을 찌푸렸다.

흑영이나 백영과 비등한 고수는 작금의 강호에 흔치 않았다.

하물며 그들의 합공으로도 사로잡지 못할 정도의 고수는 실로 극히 드물었다.

모르긴 해도, 최소한 강호백대고수의 반열에 올라야 가능할 터였다.

"그렇다면 곤란하군."

설무백은 못내 미간을 찌푸리며 화곤을 향해 재우쳐 물었다.

"당신이 가지고 있는 그 무공을 내가 확인해 볼 수 있나?"

화곤의 안색이 딱딱하게 굳어졌다.

본디 감정에 솔직한 것인지 아니면 모진 고초로 인해 각박해진 몸이라 절로 감정이 드러나는 것인지는 몰라도, 지금 무슨 생각을 하고 있는지가 훤히 들여다보였다.

설무백은 단호하게 말을 더했다.

"그저 확인이야. 작금의 강호에 그 정도의 무공은 절대 흔치 않고, 그래서 또 다른 마공일지도 모르니까."

화곤이 잠시 뜸을 들이다가 작심한 듯 설무백을 주시하던 눈에 힘을 주며 붓을 놀렸다.

마공이 아니오. 다만 그 무공은 어디 따로 보관해 둔 것이 아니라 내 머릿속에 있고, 나는 그걸 아직 제대로 악히지 못했으니 귀하에게 보여 줄 수도 없소. 대신 내력과 이름은 알려 드리리다. 다라십삼경의 전설 중 하나인 다라제이경(多羅第二經)인 풍뢰검(風雷劍)이오.

설무백은 절로 안색이 변했다.

조금 놀랍고 당황스러운 반색이었다.

천마심삽보와 더불어 천하양대전설 중 하나인 다라십삼경의
전설은 그와도 인연이 깊은 것이다.

"믿어도 되겠지?"

내가 비록 수적 생활로 잔뼈가 굵었으나, 남을 속이는 짓은 잘
못하오.

"좋아, 믿도록 하지."

어디서 났는지는 묻지 않소?

"그걸 알아서 뭐 하게?"

설무백은 대수롭지 않게 말을 자르며 불쑥 손을 내밀었다.

"그보다 손이나 좀 내밀어 봐."

화곤이 어리둥절해하는 눈빛으로 바라보았다.

설무백은 짐짓 사납게 눈총을 주며 그의 손목을 잡아챘다.

"상세 좀 진맥해 보려는 거야. 당신마저 죽어 버리면 여길 맞
을 사람이 없잖아."

화곤이 머쓱해했다.

설무백은 그러거나 말거나 손가락 끝으로 미미한 기를 흘려

보내서 그의 혈맥을 살폈다.

다행히 화곤의 내상은 깊지 않았다.

심한 타박상의 영향인 듯 일부 혈맥이 조금 좁혀지거나 굳어
진 것을 제외하면 정상에 가까웠다.

내공의 바다라는 기해혈(氣海穴), 단전도 멀쩡했다.

"눈과 혀를 뽑아 낼 정도로 심하게 괴롭히면서도 단전은 그대
로 살려 둔 이유는 다 포기하고 그냥 죽어 버릴까 봐서인가?"

화곤이 쓰게 웃으며 붓을 놀렸다.

**나는 절대 그럴 생각이 없는데, 채주는 그렇게 생각하는 것 같더
이다.**

설무백은 잠시 침묵하고 있다가 이내 손목을 놓고 물러나며
말했다.

"건강하군. 수삼일 요양하고, 한 보름 몸 관리 잘하면 거뜬하
겠어."

화곤이 묘하다는 눈치로 설무백을 바라보았다.

다른 사람은 모르지만, 설무백이 손목을 놓기 전에 그의 체
내에 일말의 생기를 불어넣어 주었기 때문이다.

설무백은 아무렇지도 않게 그런 화곤의 시선을 외면하며 고
고매의 어깨에 앉아 있는 요미를 향해 물었다.

"그럼 완소의 장자방이라는 금고명(金膏明)을 녀준 건가?"

요미가 빙그레 웃으며 대답했다.

"백독수(百毒手) 소구(小鷗)라는 자도 같이. 혼자만 놓아주면 너무 티가 날 것 같아서. 헤헤……!"

"잘했다. 그런 머리도 쓸 줄 알다니, 기특하네."

설무백이 기꺼이 칭찬해 주는 참인데, 강상교가 당황한 기색으로 나서며 물었다.

"일부러 놔주다니, 그게 무슨 말이오?"

설무백은 태연히 밖으로 나서며 대답했다.

"뭘 그리 놀라?"

강상교가 다급히 뒤를 따라붙으며 황당하다는 듯 말했다.

"어떻게든 입을 봉하고 철저히 비밀에 붙여도 시원찮을 판인데, 실수도 아니고 일부러 놓아준다는 게 어디 가당키나 하오!"

설무백은 대수롭지 않게 물었다.

"한번 봐봐. 비밀이 지켜지겠어?"

"그 무슨……?"

강상교가 바로 항변하려다가 말꼬리를 흐렸다.

설무백을 따라서 전각을 나선 그의 시선에 전각 앞마당에 운집해 있는 수많은 수적들이 들어왔던 것이다.

설무백은 픽 웃으며 말했다.

"감출 수 없을 바에야 그냥 드러내는 게 나아. 우리가 이런 짓을 하려고 자꾸 공격 시기를 늦추는 것으로 알게 만드는 것도 나쁘지 않으니까."

"과연……!"

강상교가 절로 수긍하며 동의했다.

"나라도 정말 혼란스러울 것 같구려!"

설무백은 불안과 초조, 의심과 궁금증으로 가득한 눈빛을 던지고 있는 수적들을 묵묵히 돌아보고 나서 양수괴의 부축을 받으며 뒤따라온 화곤을 일별했다.

"당분간 수채를 정비하는 데만 힘쓰고 외부 일에는 나서지 마."

화곤이 묵묵히 고개를 끄덕였다.

그걸 확인한 설무백의 시선이 강상교에게 돌아갔다.

"명색이 황하수로연맹의 총단에 다른 수채의 요인들이 없는 것은 당신이 손을 썼기 때문이겠지?"

그랬다.

황하수로연맹의 맹주가 되면 각 수채의 요인들이 그 곁에 상주하는 것이 상례였다.

제아무리 수직적인 체계가 아닌 황하수로연맹이라도 맹주의 권한은 절대 무시할 수 없고, 무엇보다도 각 수채들의 의견을 조율하려면 맹주의 곁에 각 수채의 요인들이 상주해야만 원활한 소통이 이루어질 수 있는 것이다.

그런데 여기 금망채는 엄연히 맹주의 수채로, 총단의 역할을 해야 함에도 각 수채의 요인들이 전혀 보이지 않았다.

설무백은 그 사실을 간파한 순간부터 그것이 오늘을 위한 강상교의 계략임을 인지하고 있었다.

작금의 황하수로연맹에서 그와 같은 능력을 발휘할 수 있는 사람은 자타가 황하수로연맹의 실세로 인정하는 강상교밖에 없는 것이다.

강상교가 어색한 미소를 흘리며 인정했다.

"안 그러면 일이 너무 복잡해질 것 같아서 말이오. 나는 설대협을 믿지만, 다른 채주들에게는 외부인의 불쾌한 간섭으로 보일 수도 있지 않겠소."

설무백은 고개를 끄덕이는 것으로 수긍하며 말했다.

"그걸 탓하자는 게 아니라, 화곤 저 사람이 자리를 잡을 때까지라도 당신이 좀 도와주라고. 놈들이 이곳의 상황을 알게 되면 또 어떻게 나올지 모르니까."

강상교가 기꺼운 표정으로 대답했다.

"여부가 있겠소. 곧바로 각 수채에 연락을 취해서 지원 요청하도록 하겠소."

설무백은 씩 웃으며 강상교를 바라보았다.

"그럼 이제 내가 해 줄 일은 다 끝난 거지?"

강상교가 의외라는 표정으로 반문했다.

"이대로 그냥 가려는 거요?"

"할 일 다 했으면 가야지."

"술이라도 한 잔……?"

"그런 건 나중에."

설무백은 손을 내저으며 돌아섰다.

"정말 한가할 때. 이래 봬도 내가 아주 바쁜 사람이라고."

강상교가 이미 돌아선 설무백을 향해 자세를 바로하며 더 없이 정중하게 공수했다.

"낯간지러운 다른 말은 하지 않겠소. 언제고 본인이 필요한 일이 있으면 불러 주시오. 기꺼이 불철주야 달려가겠소."

"뭐 그러든지."

설무백은 슬쩍 손을 들어 보이며 대답하고는 그대로 발길을 재촉했다.

여전히 복잡한 감정이 뒤엉킨 눈빛으로 그를 주시하는 수적들이 스르르 길을 열어 주었다.

설무백은 그 길을 따라 금망채를 벗어나서 곧장 북경, 경사 수천부로 향했다.

드러나는 것들 (5)

북경.

경사 순천부의 하늘은 늘 그렇듯 그리 맑지 않았다.

서북풍이 실어 온 모래먼지로 하늘은 뿌옇게 흐렸고, 몇 년째 이어진 가뭄으로 건조해진 대기는 오가는 사람들의 숨을 턱턱 막히게 할 정도로 지독했다.

그러나 호부시랑 계석은 그런 밖보다 지금 자신이 들어선 실내, 황제의 집무실인 건청궁이 더욱 갑갑하고 불편해서 미칠 지경이었다.

극도의 긴장감 때문이었다.

그도 그럴 것이, 직접 황제를 배알하는 것은 이번이 고작 세 번째인데다가, 오늘은 이전과 달리 대소신료들은 물론, 군부의 장수들까지 모두 다 모여 있었다.

하물며 좀처럼 대신들의 자리에 나서지 않는 위국공의 모습까지 보였다.

계석은 실로 가없는 압력을 애써 호흡을 가다듬는 것으로 견디며 용상에 앉아 있는 황제의 전면으로 조심스럽게 나아가 깊이 고개를 숙였다.

긴장감에 숨이 막혀서 자지러지는 한이 있어도 황제의 명령을 수행하고 돌아온 신하가 다른 사람에게 보고를 대리시킬 수는 없는 것이다.

"신하 계석, 폐하의 명을 수행하고 돌아왔나이다."

황제가 말했다.

"수고했다. 그래 그가 뭐라 하던가?"

계석이 대답했다.

"그리하면 된다고 하였습니다, 폐하."

황제가 당연히 그럴 줄 알았다는 듯 고개를 끄덕이며 물었다.

"다른 말은 없던가?"

계석이 대답했다.

"없었습니다, 폐하."

"그래?"

황제가 못내 아쉬운 표정을 드러냈다.

계석은 잠시 마음을 다잡고 나서 말했다.

"다만 풍잔에 도착해서 약간의 소란이 있었습니다, 폐하."

황제가 고개를 갸웃했다.

"소란?"

계석은 그대로 무릎을 꿇으며 머리를 조아렸다.

"황공하오나 소신의 불찰이었습니다, 폐하."

황제가 바로 눈을 빛내며 관심을 보였다.

"말해 보라."

"다름이 아니오라……!"

계석은 언제인지는 모르나 풍잔에 도착하기 전에 호위관인 중랑장 손백이 설무백을 노리는 자객으로 바뀌어 있었던 그날의 사정을 상세하게 보고했다.

엄연히 그의 부주의로 벌어진 일인지라 자칫 중형이 내려질 수도 있는 일이었지만, 태생이 고지식한 그는 더하지도 빼지도 않고 있는 그대로의 사실을 밝혔다.

말 그대로 중형을 각오한 것이다.

그러나 사건의 전말을 전해 들은 황제는 분노하기는커녕 그저 다른 쪽으로 관심을 드러냈다.

"자신을 죽이려 했던 자를 심부름꾼으로 쓰기 위해서 비무를 제안했다? 그래서? 결과는 어찌 되었는가?"

계석은 얘기가 이런 분위기로 돌아갈 줄은 미처 예상하지 못했기 때문에 적이 당황스러웠으나, 감히 누구 명이라고 거역할 것인가.

"예정과 다르게 비무는 단 한 차례 치러졌습니다, 폐하."

"어째서?"

"마령이라는 마교의 자객이 그 한 번의 비무가 끝나자 다음 비무에 나서지 않고 자신의 패배를 인정했기 때문입니다, 폐하."

황제의 표정이 오묘하게 일그러졌다.

"무언가 다른 의도가 있다는 건가?"

계석은 잠시 뜸을 들이다가 대답했다.

"그게 맞는 건지는 모르겠습니다만, 비공은 그 이유를 그자가 더 이상 자신이 가진 것을 보여 주기 싫어서 비무를 포기한 것으로 판단했습니다, 폐하."

황제가 수긍했다.

"과연 그럴 수 있겠군. 하면, 비공이 그자에게 어떤 심부름을 시켰는지는 아나?"

계석은 바로 대답했다.

"예, 폐하. 비공은 그 자리에서 그자에게 심부름을 시켜서 소신도 들을 수 있었습니다."

황제의 눈이 빛났다.

"그래, 비공이 그자에게 무슨 심부름을 시키던가?"

계석이 대답했다.

"비공의 말을 그대로 전하면 이렇습니다, 폐하. 악초군에게 가서 전해라. 조만간 내가 찾아갈 테니, 영접할 준비를 하라."

황제가 잠시 눈을 멀뚱거리다가 이내 가가대소했다.

"하하하, 과연 아우야! 이제 놈들은 중원으로 들어오고 싶어도 들어올 수 없는 난관에 봉착하게 되었군그래. 분노해서 두 팔을 걷어붙이고 들어오려고 해도 의도적인 도발인 듯해서 함정을 염려하지 않을 수 없으니 말이야. 하하하……!"

계석은 본의 아니게 내심 감탄했다.

그는 미처 거기까지는 생각하지 못했는데, 황제의 말을 듣고 보니 과연 그럴 수도 있겠다는 생각이 든 것이다.

그때 황제가 웃음을 그쳤다. 그리고 왠지 모르게 의미심장한 눈빛으로 대소신료를 둘러보고 나서 그에게 다시 말했다.

"짐의 우려와 달리 제법 많은 것을 보고 왔도다. 해서, 묻는 말인데, 그대가 본 비공은 어떤가?"

계석은 느닷없는 질문에 적잖이 당황했다.

"무엇이 어떠냐고 물으시는 건지……?"

황제가 빙그레 웃으며 말했다.

"그저 그대가 보고 느낀 것을 가감 없이 말하면 되느니라."

계석은 고지식할 뿐, 무지하거나 눈치가 없는 사람이 아니었다.

그는 대번에 무언가 심상치 않은 느낌을 받으며 은연중에 대소신료들 사이에 끼어 있는 자신의 직속상관, 호부상서 엄자성을 바라보았다.

마침 엄자성도 그를 보고 있었다.

그의 시선과 마주친 엄자성이 바로 한차례 고개를 끄덕였다.

계석은 그제야 마음을 다잡으며 말문을 열었다.

"비공은 폐하께서 말씀해 주신 것처럼 실로 걸출한 인물이었습니다. 비공의 언행에는 사람을 당기는 힘이 있으며, 굳이 화를 내지 않아도 사람을 압도하는 위엄이 있었습니다. 다만 한 가지 제가 제대로 알아볼 수 없었던 것은 비공의 무력입니다. 막연히 소신이 아는 그 어떤 무인보다 강하다는 것이 폐하께 소신이 드릴 수 있는 최대한의 대답이라, 실로 송구스럽기 짝이 없습니다, 폐하."

황제가 묵묵히 고개를 끄덕이다가 불쑥 물었다.

"하면, 그대가 본 풍잔은 어떠한가?"

계석은 일말의 주저도 없이 대답했다.

"마찬가지로 제가 본 그 어떤 무인 집단보다 강한 무인 집단으로 평가합니다, 폐하."

황제가 빙그레 웃으며 질문을 더했다.

"금의위나 동창과 비교해서 어떤가? 그대가 아는 무인 집단이야 고작해야 금의위와 동창밖에 없지 않으니 묻는 말이다."

계석은 본의 아니게 장내에 배석한 제독동창 조위문 등의 눈치를 보았다.

그리고 자신도 모르게 금의위 대영반 단목진양이 보이지 않아서 다행이라는 기분이 되었다.

다만 그는 애초에 다른 누구로 인해 하고자 하는 말을 바꿀 위인이 아니었다.

"황공하오나 폐하. 소신의 느낌을 그대로 전해 드린다면 금의위도 그리고 동창도 단독으로는 풍잔을 어쩔 수 없을 것 같습니다."

계석의 말이 끝나기 무섭게 장내가 웅성거렸다.

다들 계석의 말을 반신반의하거나 적잖게 충격을 먹은 모습이었다.

상대적으로 황제는 태연했다.

얼굴 어디에도 놀라거나 당황한 기색이 없었다.

그 상태로, 황제가 확인하듯 물었다.

"동창과 금의위가 같이 나선다면 어떨 것 같으냐?"

계석은 난감했다.

기실 그가 금의위와 동창을 따로 대입해서 대답한 것은 자칫 그의 대답이 황제의 기분을 상하게 할 수도 있다는 생각이 들었기 때문이다.

그런데 황제가 그의 노력이 무색하게도 대놓고 직접적으로 묻고 있는 것이다.

'어찌 이런 질문을······!'

계석은 속으로야 못내 투덜거렸지만 언감생심 그런 말을 뱉을 수 없을 뿐 아니라 내색조차 해서는 안 된다는 것도 익히 잘 알고 있었다.

그리고 또한 그는 모르지 않았다.

황제의 질문에 대답하지 않는 것은 항명죄 중에서도 극형에 처해질 죄였다.

그는 찰나지간의 고민 끝에 머리를 조아리며 가장 현명하다고 판단되는 대답을 내놓았다.

"황공하오나 폐하. 일개 문신에 지나지 않은 소신으로서는 감히 그것까지는 가늠하기 어려우니, 부디 질문을 거두어 주시길 바라옵나이다."

황제가 피식 웃었다. 그리고 그의 속내를 읽었다.

"금의위와 동창의 체면을 살려 주고 싶은 것이냐? 아니, 그보다 짐의 체면을 살려 주려는 것일 수도 있겠군그래."

계석은 절로 움찔했으나, 그 어떤 대답도 할 수가 없었다.

황제가 그런 그의 대답을 기다리지 않고 거듭 빙그레 웃는 낯으로 말했다.

"아무튼, 먼 길에 수고했다. 그만 물러가 쉬도록 해라."

계석은 실로 가뭄의 단비처럼 느껴지는 황제의 지시에 감읍하며 기꺼이 머리를 조아리며 물러났다.

"실로 성은이 망극하옵니다, 폐하!"

계석이 그렇게 물러난 건청궁에서는 잠시 어수선한 침묵이 흘렀다.

대소신료들과 장수들이 저마다 나직한 소곤거림으로 서로의 의견을 주고받느라 그랬다.

황제가 그런 대소신료들과 장수들을 흥미롭게 관망하다가 한순간 침묵을 깼다.

"어떤가? 제법 볼 만한 대결이 될 것 같지 않은가?"

호부상서 엄자성과 제독동창 조위문, 그리고 금의위를 대표해서 나선 전 금군대교두 공손벽 등에게 건네는 말이었다.

황제의 시선이 그들을 번갈아보고 있었다.

그들이 바로 황제의 명령에 따라 설무백과 관련된 계획을 주도하고 있는 것이다.

엄자성이 먼저 대답했다.

"계획에 차질이 없도록 최선을 다해서 만전을 기하고 있습니다, 폐하."

"최선? 만전?"

황제가 무색해진 표정으로 재우쳐 물었다.

"어째 그대의 포부가 예전만 못하게 느껴지는 걸? 그리 자신만만하던 그대가 오늘은 어째 이러는 것이지?"

"아, 아닙니다, 폐하!"

당황한 엄자성이 이내 심기일전한 모습으로 변해서 강변했다.

"추호의 실수도 없이 폐하의 명령을 수행할 터인즉, 절대 폐하를 실망시켜 드리지 않겠습니다, 폐하!"

"좋아, 믿도록 하지."

황제가 풀어진 얼굴로 웃으며 고개를 끄덕이고는 조위문과 공손벽 등에게 시선을 돌렸다.

"한데, 그대들은 왜 대답이 없는가?"

조위문이 대답했다.

"황공하오나 폐하. 이번 일의 지휘자는 호부상서 엄자성인 바, 소신들은 그저 지휘자인 엄 상서의 지시를 충실하게 이행하고 있나이다."

황제의 시선이 공손벽에게 돌려졌다.

"그러한가?"

공손벽이 타고난 성격처럼 우직하게 대답했다.

"그러합니다, 폐하!"

황제가 가만히 고개를 끄덕이며 다시금 엄자성에게 시선을 고정했다.

"하면, 최종적으로 그대에게 다시 묻겠다. 실로 그대의 말을 믿어도 되겠지?"

엄자성이 머리를 조아리며 힘주어 대답했다.

"여부가 있겠습니까, 폐하! 절대로 실망시켜 드리지 않겠습니다! 믿어 주십시오, 폐하!"

황제가 기꺼운 표정으로 고개를 끄덕이고는 용상 깊숙이 어깨를 묻으며 말했다.

"좋아. 하면, 짐이 그대의 말을 믿는다는 의미에서 충고 한마디 해 주도록 하지. 혹시 그대가 오해하거나 의심할 수도 있으나, 죽일 수 있으면 죽이라는 짐의 말은 진심이다."

엄자성은 꿀꺽 마른침을 삼켰다.

사실을 말하자면 그간 그가 못내 고민하고 있었던 것이 바로 그것이었기 때문이다.

황제가 그런 그를 직시하며 냉정하게 한마디 더했다.

"하니, 성공하면 상을, 실패하면 벌을 내리리라!"

엄자성은 새삼 마른침을 삼켰다.

앞서도 그랬지만 지금도 다른 감정이 아니라 이제는 충분히 해낼 수 있다는 흥분이었다.

이제 황제의 말이 반신반의해 사용할 수 없었던 수단까지 동원할 수 있게 되었기 때문에 실패란 있을 수 없었다.

"소신 이 자리에서 성공을 약속드리겠습니다, 폐하!"

그러나 이와 같은 엄자성의 생각이 바뀌는 데 걸린 시간은 그리 길지 않았다.

보다 정확히는 하루를 넘기지 못했다.

자신만만하게 이번 계획의 전반은 물론, 이제는 사용할 수 있는 비장의 패를 거듭 점검하고 퇴청해서 돌아간 그의 집 방 안에 설무백이 주인처럼 앉아서 그를 기다리고 있었기 때문이다.

⚜

엄자성의 집은 북직예(北直隸 : 북경성 직할 구역)에서 궁성을 제외하면 고루거각이 가장 많고, 대대로 황족과 고관대작, 내로라하는 부호들이 모여 살아서 귀족들의 거리라고 알려진 북경성의 동부 왕부정대가에 자리하고 있었다.

지난날 사례태감의 자리에 앉아서 사리사욕을 채우던 탐관

오리 정정보의 모함으로 실각하고 낙향한 친조부, 바로 전 내각수보 엄정이 살던 저택을 그가 물려받은 것이다.

그리고 그 저택은 수십 명의 경호무사들이 철통같이 지키고 있으며, 퇴청하고 돌아오는 엄자성의 곁에도 십여 명의 경호무사들이 따르고 있었다.

매사에 철두철미한 엄자성은 이번 작전을 준비하는 시점부터 그 자신의 안위도 철저하게 대비한 것이다.

그러나 그런 그의 모든 대비가 무용지물이었다.

엄자성은 경호무사들을 문밖에 세워 두고 자신의 방으로 들어와서 의관을 벗는 와중에 그와 같은 사실을 알게 되었다.

몰랐는데, 창가의 의자에 앉아서 아무런 기척도 없이 그를 바라보고 있는 사내가 하나 있었다.

사실은 두 사람이었다.

의자에 앉은 사내 뒤에 죽립을 눌러쓴 사내 하나가 시립해 있었다.

하지만 의자에 앉은 사내가 주는 충격이 너무도 강렬해서 죽립인은 그의 눈에 들어오지 않았던 것이다.

"……!"

상대를 알아본 엄자성은 대번에 안색이 잿빛으로 변했다.

상대는 눈부신 은발 아래로 갸름한 얼굴과 너무도 정연한 이목구비가 마치 귀기(鬼氣)가 서린 것처럼 요사스럽게 느껴지는 사내, 설무백이었다.

그 사내, 설무백이 싱긋 웃으며 말했다.

"바쁜가봐? 늦게 퇴청을 하네?"

엄자성은 그제야 자신이 지레 겁먹고 주눅이 들었다는 사실을 깨달으며 내심 고소를 금치 못했다.

지금 그가 설무백을 보고 주눅들 이유가 전혀 없었다.

적어도 아직은 그랬다.

'게다가 고작 수하 하나!'

지금 그가 쓰지 못할 거라고 생각하던 비장의 패가 달려오는 중이었다.

어쩌면 이건 위기가 아니라 절호의 기회일 수도 있었다.

긴장한 마음을 애써 달랜 그는 경직된 몸을 움직여서 설무백을 마주하며 불쾌한 기색을 드러냈다.

"사람을 놀라게 하는 재주가 아주 탁월하시구려. 아무리 비공이라도 이렇듯 주인의 허락도 없이 남의 집 담을 넘는 것은 대단히 큰 실례요."

설무백이 픽 웃으며 물었다.

"내가 왜 이랬을까?"

엄자성은 내심 흠칫하면서도 애써 내색을 삼가며 의문을 드러냈다.

"본인이 그걸 어찌 알겠소."

설무백은 웃는 낯으로 슬쩍 손을 휘저었다.

그의 손짓에 따라 살아 있는 생물체처럼 움직인 의자가 엄자성의 뒤로 이동했다.

고도의 허공섭물이었다.

"일단 앉아 봐."

엄자성은 처음 보는 허공섭물에 놀라면서도 사뭇 준엄한 표정을 견지하며 불쾌함을 드러냈다.

"방금 내가 이건 예의가 아니라는 말 듣지 못했소?"

설무백이 그의 말을 무시하며 손가락을 위아래로 까딱였다.

"까불지 말고 앉으라면 앉아."

"……!"

엄자성은 분노를 토해 내려 입을 벌리다가 말고 크게 당황하며 그대로 의자에 앉았다.

거부할 수 없는 힘이 그의 어깨를 짓누른 것이다.

설무백의 손가락에서 발산된 모종의 기력이었다.

"이, 이 무슨……!"

"크게 다치고 싶지 않으면 조용히 하지?"

설무백이 말을 잘랐다.

그의 두 눈이 싸늘한 기운의 빛을 발했다.

일개 범부에 불과한 엄자성으로서는 감히 반항할 엄두도 나지 않는 위압감이었다.

엄자성은 조개처럼 입을 다물었다.

위압감도 위압감이지만 괜히 설무백의 성질을 건드려서 좋을 것이 없었다.

조금만 기다리면 그가 준비한 비장의 패가 도착하는 것이다.

'그나저나 밖에 있는 것들은 대체 뭣들 하는 거야!'

애초에 저택을 지키는 무사들은 거리가 있다고 쳐도, 늘 지근거리에서 그를 호위하는 무사들은 지금 방문밖에 대기하고 있었다.

대체 어찌된 일인지 안에서 이 소란이 일어나고 있는데 코빼기도 내미치지 않고 있지 않은가.

그때 설무백이 그런 그의 속내를 읽은 것처럼 피식 웃으며 손가락을 튕겼다.

경쾌한 '딱' 소리와 함께 방문이 열리며 두 사람이 안으로 들어섰다.

일남일녀, 통나무처럼 단단한 체구의 사내와 거대한 장신의 여자, 바로 공야무륵과 고고매가 바로 그들이었다.

"……!"

엄자성이 당황해서 눈을 크게 뜨는 그때, 공야무륵의 한마디가 그의 가슴을 오싹하게 식혀 버렸다.

"지시하신 대로 밖에 애들은 크게 다치지 않게 재워 두었습니다."

설무백이 가볍게 한차례 고개를 끄덕이는 것으로 대답을 대신했다.

엄자성은 도저히 믿을 수가 없어서 넋이 나간 것처럼 정신이 멍해져 버렸다.

그럴 수밖에 없었다.

지근거리에서 그를 경호하는 무사들은 등청과 퇴청을 위해서 금의위의 무사들로 구성되어 있지만, 저택을 지키는 무사들은 그가 개인적으로 영입한 사병들로, 하나하나가 강호일류를 능가하는 고수들이었다. 그리고 그는 집으로 돌아와서 빈틈없는 그들의 경계를 확인하고 방으로 들어왔다.

그런데 그 짧은 시간 동안 그들, 모두가 제압당했다고 하질 않는가.

이건 그의 상식으로는 도저히 이해할 수도, 납득할 수도 없는 상황이었다.

그는 절로 중얼거렸다.

"무슨 그런 말도 안 되는……!"

설무백이 그의 말을 무시하며 말했다.

"지금부터 나는 묻고 너는 대답한다. 대답이 늦거나 거짓을 고할 시 그에 상응하는 대가를 치를 테니, 조심해라. 알겠지?"

엄자성은 애써 정신을 수습하며 반항했다.

"대체 이 무슨 해괴한 짓이오? 아무리 비공이라도 이건……!"

"나는 묻고 너는 대답한다고 말했다."

설무백의 무심한 추궁과 함께 엄자성은 복부에 강렬한 타격을 받아 허리가 새우처럼 접혀 엎어졌다.

뒤에 시립해 있던 공야무륵이 어느 틈엔가 옆으로 다가와서 그의 복부에 주먹을 꽂아 넣었던 것이다.

"억!"

엄자성은 신음조차 제대로 나오지 않았다.

개처럼 엎어진 그의 입은 의지와 무관하게 시작된 구역질로 위장에 있던 모든 것을 토해 내는 것만으로도 바빴다.

설무백은 조용히 기다리다 그의 구역질이 끝나자마자 무심하게 말했다.

"죽지도 살지도 못하게 만들어 주겠다는 말 들어 본 적 있지? 잘하면 오늘 네가 그걸 몸소 경험하게 될 거다. 어디 한번 노력해 봐라."

엄자성은 발끈해서 고개를 쳐들고 설무백을 노려보았다.

하지만 그 어떤 말도 하지 못한 채 눈물과 콧물이 뒤범벅된 얼굴이 곧 얼음처럼 굳어져 버렸다.

설무백의 잔잔한 눈빛이 주는 위압감은 그처럼 엄청나게 그의 가슴을 짓눌렀다.

엄자성은 절로 몸서리를 쳤다.

설무백이 그런 그의 시선을 지그시 마주하며 거두절미하고 물었다.

"토사구팽이라는 말 알지? 내 아버지를 그리 내몬 자가 너냐?"

엄자성은 선뜻 대답하지 못했다.

이건 인정할 수도 없고, 인정하지 않을 수도 없는 일이었다.

공야무륵이 기다렸다는 듯 허리의 도끼를 뽑아서 휘둘렀다.

"크으......!"

엄자성은 신음을 흘리며 한쪽 귀를 부여잡았다.

하지만 그의 손에 잡히는 귀는 없었다.

대신 그의 손가락 사이로 핏물이 넘치는 사이, 잘려져 나간 귀가 툭 하고 바닥으로 떨어졌다.

공야무륵이 흉악하게 휘두른 도끼는 실로 정교하게도 그의 귀만 베어 냈던 것이다.

그는 발작적으로 소리쳤다.

"나 혼자만의 힘으로 그런 일을 해낼 수는 없소! 나를 포함한 모든 중신들이 오랜 숙고와 논의 끝에 내린 결정인 거요!"

"이유는?"

"황상의 신심을 읽고 내린 구국의 신념이오."

설무백은 무심하게 경고했다.

"이대로 그냥 죽고 싶지 않으면 쉽게 말해라. 어린아이도 능히 알 수 있도록 아주 쉽게."

엄자성은 무심해서 더욱 섬뜩하게 느껴지는 설무백의 눈빛 앞에서 새삼 몸서리를 치며 조심스럽게 입을 열었다.

"폐하께서는 평소 완전한 병권 장악을 원하고 계셨소. 하지만 비공의 개입으로 말미암아 이번 전쟁의 모든 공은 폐하가 아닌 설 장군에게 돌아갔소. 의도치 않게 설 장군이 폐하의 숙원에 막대한 걸림돌이 되어 버린 거요. 안 그래도 추종자가 많은 설 장군이 군부의 모두에게 흠모와 존경을 받게 되었으니 말이오. 그래서 폐하께서 중신들의 주청을 재가한 것이 아니겠소.”

설무백이 묵묵히 고개를 끄덕이며 잠시 여유를 두었다가 무심하게 다시 물었다.

“좋아, 그럼 두 번째 질문. 내 아버지가 사라졌으니 모든 계획이 취소되었을 텐데, 성문을 지키는 병사들이 늘어 있고, 성내를 순찰하는 금의위와 변장하고 암행하는 동창의 번역들이 즐비하게 깔려 있더군. 대체 이유가 뭐냐?”

“그, 그건…,….!”

엄자성은 절로 말을 더듬었다. 바로 대답할 수는 없었다.

아무리 철석간담 강심장이라도, 아니, 아무리 공포에 질렸어도 당사자를 면전에 두고 당신을 죽이기 위함이라는 말은 차마 선뜻 꺼내기 어려운 것이다.

그러나 생존에 대한 공포는 그 무엇보다도 우선했다.

공야무륵이 기다렸다는 듯 도끼를 쳐들자, 그는 다급히 사실을 실토했다.

“비공이오! 비공을 노리는 것이오!”

“나를……?”

설무백이 어리둥절해하는 표정으로 고개를 갸웃거리다가 재우쳐 물었다.

“그것도 너를 포함한 중신들이 폐하의 신심을 읽고 내린 구국의 신념인 거냐?”

“아니오. 그건 황명이오. 폐하께서 직접 명령을 내리신 일이오. 처음에는 그저 시험이라 하셨으나…….”

엄자성은 다급히 고개를 저으며 사실을 밝히다가 이내 말꼬리를 흐렸다.

이걸 밝히는 것은 그야말로 밑바닥까지 드러내는 것이고, 실로 돌아갈 수 없는 막다른 길에 몰리게 되는 것이라는 두려움이 들었던 것이다.

설무백이 그런 그를 다그쳤다.

“하셨으나……?”

엄자성은 찰나의 고민 끝에 말문을 열었다.

어차피 이제는 죽기 아니면 살기라 더는 감추고 숨기고 할 것이 없다는 생각이었다.

“죽여도 좋다고 하셨고, 나중에는 죽이라는 폐하의 말씀이 진심이라 하셨소.”

설무백이 피식 웃었다.

엄자성은 도무지 이해할 수 없는 설무백의 반응에 절로 고개를 갸웃거렸다.

사람은 너무 화가 나면 차라리 웃어 버리는 경우가 있는데, 그런 것일까?

아니었다.

지금 설무백에게서는 그 어떤 분노의 감정도 느껴지지 않았다.

말 그대로 그냥 웃고 있는 것이다.

왜?

엄자성은 분노했다.

"뭐가 그리 우습소? 설마 폐하의 말씀이 가소롭다고 비웃는 거요?"

설무백이 그의 말과 무관하게 딴소리를 했다.

"그 양반 또 이런 장난을 치네."

엄자성은 대체 설무백의 말이 무엇을 의미하는지 이해할 수가 없어서 절로 오만상을 찡그렸다.

설무백이 그제야 그에게 시선을 주며 얼굴을 가까이 했다.

"잘 들어, 이 같잖게 모자라고 부족한 젊은 중신아. 나는 그곳이 어디든 가고 싶으면 가고, 오고 싶으면 올 수 있는 사람이다. 또한 그래서 싸우고 싶으면 싸우고, 싸우고 싶지 않으면 싸우지 않는다. 왜? 내겐 그럴 능력이 있으니까."

"……."

엄자성은 실로 황당해진 표정이 되었다.

이건 또 무슨 미친 소리인가 싶었다.

설무백이 그러거나 말거나 거듭 웃는 낯으로 결정적인 말을 더했다.

"그리고 폐하도 내가 그럴 수 있다는 걸 안다. 그래서 그렇게 말한 거다. 죽일 수 있으면 죽이라고. 진심으로. 왜? 절대 죽일 수 없다고 생각하니까."

"……."

엄자성은 무언가 알 것도 같고 모를 것 같았으나, 결국 이해하기 어려워서 물었다.

"그럼 대체 폐하께서 쓸데없이 왜 이런 일을 벌이셨다는 거요?"

"말을 해 줘도 모르네? 제법 머리가 좋다고 들었는데, 그것도 아닌가 보군."

설무백이 자타가 향후 당대의 석학으로 이름을 날릴 것으로 예상하고 있는 엄자성의 머리를 한마디로 깔아뭉개고는 가볍게 빙글거리며 설명해 주었다.

"폐하는 나를 시험하려는 거다. 정말 싸움이 벌어진다면 그건 내가 싸우고 싶었다는 얘기가 되니까. 그게 내 아버지를 토사구팽하려는 것에 대한 분노든, 아니면 다른 무엇에 대한 욕심이든 간에 말이야. 그리고 그랬다면 그때는 정말 진심을 드러내셨겠지."

엄자성은 자신도 모르게 물었다.

"어떤 진심을 말이오?"

설무백은 대수롭지 않게 대꾸했다.

"둘 중 하나겠지. 내게 사과를 하거나 정말로 나를 죽이려 들거나."

"……!"

엄자성은 이제야 무언가 눈에 보이고 손에 잡히는 것 같은 기분에 사로잡혔다.

그 바람에 문제가 다시 원점으로 돌아갔다.

황제가 설무백을 시험하기 위해서 설인보 장군을 토사구팽하려는 중신들의 주청을 허락했다는 것은 말이 되지 않았다.

사실이 그렇다면 설무백이 그와 같은 사실마저 사전에 파악하고 설인보 장군을 구해 낼 것이라는 사실까지도 예상했다는 말이 되는데, 그건 실로 어불성설이었다.

신이 아닌 이상 그것까지 예상할 수는 없었다.

결국 여차하면 설인보 장군이 정말로 토사구팽의 제물이 되어서 설무백과 불공대천지수가 된다는 뜻이다.

단시 설무백을 시험하는 것이 목적이라면 그런 위험부담을 감수할 이유가 어디에 있을 것인가.

'그럼 도대체 왜……?'

엄자성은 도무지 답을 찾을 수가 없어서 고민 끝에 물었다.

"비공에 대한 의도는 그렇다 치고, 하면 설 장군에 대한 폐하의 결정은 대체 뭐라는 거요?"

설무백은 대수롭지 않게 대꾸했다.

"그야 뻔하지. 집안 청소를 하려는 거잖아. 사리사욕을 채우려고 권력을 이용하는 너 같은 애들을 말이야."

"……!"

엄자성은 오만상을 찡그렸다.

그가 너무 어이없고 황당해서 화도 나지 않는 그때, 벌컥 문이 열리며 일단의 사람들이 안으로 들어왔다.

순간, 엄자성은 절로 두 눈이 휘둥그레졌다.

나타난 사람들의 선두에 과거 탐관오리 정정보의 모함으로 실각하고 낙향한 그의 조부, 전 내각대학사이자 내각수보인 엄정이 서 있었기 때문이다.

바로 그 엄정이 준엄한 목소리로 꾸짖듯이 말했다.

"비공의 말씀이 옳다!"

다음 권으로 이어집니다

천하천의
주인